玄関前で顔の良すぎる
ダウナー系美少女を拾ったら

鎖錠ヒトリ

HITORI SAJO

CONTENTS

イラスト：40原／デザイン：杉山絵

IF I PICKED HER UP AT THE ENTRANCE

「……あの、そんなにじっと見られると」

玄関前で顔の良すぎる
ダウナー系美少女を拾ったら

ななよ廻る

角川スニーカー文庫

24060

本文・口絵イラスト／40原
本文・口絵デザイン／杉山絵

第1章　ダウナー系美少女を拾ったら

──好きにすれば。

初雪のように白く、ともすれば溶けてなくなってしまいそうな肌を雨で濡《ぬ》らす。

恥ずかしがる素振りも見せず、黒い下着だけで身体を隠す、整った顔立ちの少女が捨て鉢に吐き捨てた。

男の部屋のベッドの上で。

挑発とも取れる言動を見せる美しい彼女は、なにもかも諦《あきら》めたような光のない暗い瞳《ひとみ》で力なく天井を見つめている。

「……男なんて、そんなものでしょ」

バカにするような言葉だけれど、その言葉に揶揄《やゆ》するものは含まれておらず、感情一つ窺いしれないほどに覇気がない。

なにをされてもどうでもいい。

そう告げるように、ベッドで仰向けになった無防備な体勢のまま動こうとしない。

投げやりで、自暴自棄な少女。

そんな態度をされれば、いくら僕が思春期真っ盛りの男子高校生とはいえ、劣情は燻《くすぶ》る
……はずなのだけれど。

感情が薄くとも、その顔立ちは一目見れば忘れられそうにないほどに綺麗《きれい》で。

雨の雫《しずく》がつーっと流れ込む、彼女の薄い感情とは対照的に大きい双丘に、否応なく視線を誘導されてしまう。

なにより、僕と彼女。

他には誰もいない自室。

親や妹といった家族の邪魔が入らないとわかりきっている状況も合わさると、猛る欲望を抑えるのにも苦心する。荒くなりそうな呼吸を堪えるように、雨を吸って重くなったシャツの胸元を強く握りしめた。

本来なら触れることなんてできない、綺麗だなと思うしかなかった見目麗しい隣人。

彼女の秘められた肌に触れられる。

そんなありえない、非現実的な状況に、無意識に喉《のど》から欲望の音が鳴った。

同時に、鼓膜を震わせるのは早鐘を打つ鼓動の音。そして、警鐘。

熱に浮かされる頭の中で考えるのは、どうしてこうなったんだろうという、原初の疑問。

そもそも、今ベッドの上で襲われてもいいというように無防備な彼女——マンションの隣人でしかなかった鎖錠《さじょう》さんが僕の部屋に居る理由がわからなくなってきた。

——挨拶《あいさつ》一つまともに交わしたことすらなかったのに。

なんでだろう。

目の前の非日常から逃避するように、薄く瞳を閉じる。

瞼《まぶた》の裏には蒼《あお》い空。燦然《さんぜん》と輝く朝の陽光が視界を白く染め上げる——

■■

ピピピッと電子音が鳴り響き、落ちていた意識を浮上させる。

まだ眠く、そのまま横になっているとアラームは鳴り止み、揺《ゆ》り籠《かご》のような心地よい静寂が戻ってくる。

けれども、しばらくするとスヌーズによってけたたましく鳴き始めた。

鶏にも負けない鳴き声。

アラームとスヌーズを三度も繰り返せば、嫌でも起きざるをえない。

ヘッドボードに乗っているスマホを手探りで探し出し、開ききらない目で時刻を確認する。時刻は七時を半ば過ぎた頃。

登校までにまだ余裕はあるが、二度寝しようものなら遅刻の危機という絶妙なラインだ。

「……おき、ねば」

と、声に出してみるも、スマホを持っている手がパタリと落ちてベッドに沈む。ノックダウン。

バシャッ、と洗面所で顔を洗う時には、間に合うかどうかという時間帯だった。

焦る気持ちもあるが、遅刻したらまぁそれはその時と緩くなったのは、僕以外の家族が父親の出張で引っ越し、一人暮らしになったからかもしれない。顔を洗っても、鏡に映る顔が緩いのもそのせいだろうか。

頭をかきながら向かったリビングは、なんというか、一人暮らしだなぁと改めて思う。

足の踏み場は一応あるが、洗濯して回収したまま畳んでない洗濯物や、捨てるのも面倒で暇つぶしに積んだ空き缶タワー、掃除しようと思ってそのまま出しっぱなしにした掃除機などが転がっている。

はて。家族と一緒に暮らしていた半年前まではここまで散らかってなかったはずだが……？

首を傾げる。

なんて、惚《とぼ》けてはみるが、もちろん原因は僕の怠惰にあって。

まぁいっかと放り投げてしまうぐらいには一人暮らしの家事というのは面倒臭く、けれども、誰にも気を遣うことのない生活はとても楽で、なんだかんだ満喫していた。

……この有様を、母さんに見られると想像すると背筋が凍るが。妹は……まぁ、どうでもいい。

登校まであまり時間もないので、朝ごはんは昨日スーパーで買った値引きおにぎりだ。ツナマヨは至高。

朝に限らずスーパーに頼り切っているのだが、学生の一人暮らしなんてそういうものだろう。

毎日お風呂《ふろ》に入って洗濯するだけマシと言える。掃除はまぁ……時々。

この世のどこかには存在しているだろう自分より怠惰な男子高校生と比較しながら、登校の準備を進める。

そして、制服に着替えて玄関を出る。

「ん……」

踵《かかと》を潰《つぶ》して、靴を履く。そのまま行こうとして、鍵《かぎ》を閉めてないのを思い出して慌てて戻る。

過去に一度やらかしていて、なかなかに肝が冷えたのを覚えている。ガチャリと音がしたのを確認して、改めて玄関から離れた。

「……んぁっ」

あくびをしながらマンション共用の廊下を歩き出すと、正面から見覚えのある女性が歩いてくる。

お隣さん。名前は……忘れた。

ただ、顔を覚えるのが苦手で、同じマンションの住人であろうと覚える気なんてさらさらない僕には珍しく、ちゃんとその顔を覚えていた。というか、一目見た時から忘れられないでいた。

なぜなら、顔が良すぎるから。

よく、顔の良し悪しでアイドルを比較することがあるが、僕からするとどんな女性とも比較になっていない。

それこそ、二次元から飛び出したような、欠点の見受けられない容姿。

年頃は僕より何歳か上だろうか。大学生のお姉さんなイメージなのだけれど、化粧はしておらず、飾り気のない黒のパーカーとパンツでお洒落《しゃれ》とは無縁そうだった。

だというのに、その顔を忘れられないのは、素材が良すぎるからだと結論づける他にない。

……まぁ、ある一点において、布地の厚いパーカーにも拘わらず自己主張が激しい部位があるのだけれど。忘れられない理由との関連性はないはずだ。

隣人とはいえ、顔を合わせる機会なんてそうあるものじゃない。

まだ見慣れておらず、朝から直視するには整いすぎて目に毒な顔に一瞬見惚《みと》れてしまう。

「、……お、おはようございま、す」

廊下をすれ違う間際、どうにか挨拶を口にする。

ただまぁ、返事はないんだろうなぁとも思う。

数えるほどだが、今日と同じように何度かすれ違ったことがある。そのどれもで、挨拶が返ってきたことはなかった。

反応はといえば、声がしたから顔を上げた程度。

眉《まゆ》一つ動かすことなく、星のない夜空にも似た黒い瞳だけを向けてくる。

愛想なんて欠片《かけら》もない。一方通行の挨拶。

　この程度、他の住人でも珍しくはないが、顔を覚えているからか妙に印象に残る。だからといって、悪感情を覚えないのは彼女が美人だからだろうか。ここら辺は、自分でもわかっていない。

「(いいけどさ)」

　強がりではなく本心から思う。

　むしろ、今更満面の笑みで「おはようございます!」なんて返されても、色々な意味でこちらの心臓が止まってしまう。

　同じマンションに住んでいるだけで、知り合いでもないのだから、どうでも――

「……おはよう、ございます」

　――そう思いながら彼女が来た廊下を歩いていると、か細い声が背を叩《たた》いた。

　耳慣れない澄んだ声が鼓膜を震わせる。

　驚いて。

　咄嗟《とっさ》に振り返ったけれど、廊下に対して凹のように窪《くぼ》んだ場所にある玄関。その周囲の壁に隠れて彼女は見えなくなってしまっていた。

「……え?」

　時間差で、僕の口から驚きの声が溢《こぼ》れた。

一瞬違う人かとも考えたが、周囲に人影はない。胸の高さまである壁から下を覗《のぞ》いて見ても、誰も見つけられなかった。

聞き間違いかと思ってしまうような、小さくて、掠《かす》れて消えてしまいそうな声だった。

けれども、その声は確かに僕の耳に届いて。

なんだか、言い知れぬ感情に襲われて……もにょる。

これが良い事なのか、それとも悪い事なのか。判断が付きにくい。彼女の表情に変化がなかったのだから尚更。

ただ、顔の良すぎるお隣さんの機嫌は良かったのかなと思う。

そういえば、手には駅近くにあるケーキ屋さんの袋が握られていた。

お祝いかなにかか。最低限、無愛想な彼女が挨拶を返してくれるようなイベントがあるのかもしれない。

もしそうであれば、良い事なのだろう。

「うっ」

廊下から空を見上げる。

六月中旬。雨が連日続く梅雨の最中、夏の入り口に差し掛かった太陽はその輝きを増してギラついている。

良い日になるかなぁ。

予期せぬ出来事を吉兆と受け取るか、凶兆と取るか。

厚い雲が流れる空。季節外れの雪でも降ったらどっちだろうと思うも、頬が緩む。

億劫《おっくう》な朝にしては少しばかり、悪くない気分だった。

■■

「おはようー」

時間はギリギリ。間もなくホームルームが始まりそうなところで、滑り込むように教室に到着できた。

「寝坊？」とか「どうせゲームで徹夜だろ」とか。

からかいの声を「そんな感じ」と適当に受け流しながら、自分の席に着く。

荷物を置くと、休む間もなくクラスメートたちが絡んでくる。

昨日のアニメがどうだったとか。

次週で最終回のドラマが早く見たいけど終わってほしくないとか。

矢継ぎ早に話をする彼ら彼女らに相槌《あいづち》を返していく。

返事の内容なんてほとんどなく「へー」とか「そうかも」、「それなー」とかスッカスカ。

それでも、会話になるのだから、日本語って便利だなと思う。

適当な言葉。だからといって、クラスメートの話がつまらないとかそういうことでは……まぁ、あるかもしれないが。

話すのが嫌、というわけでもない。疲れるだけで。

どんなにたわいもない話だったとしても、空気を壊さないように共感してみせる。

愛想笑いを貼り付けて、教室で浮かないように。かといって目立たないように。

合わせて。合わせて。合わせて。

放課後。校門を出て、そっと息を吐き出す。

「疲れた……」

体力よりも、精神的に。

細く、呼吸を制限されたような生活だ。息苦しい。

けれども、多かれ少なかれ集団の中で生きていくのであれば、誰であれ感じる息苦しさだろう。

人が多く集まれば、空気が薄くなるのは当たり前で。

学校生活なんてこういうものだろうと、心の表面に泡のように浮き上がるのは諦念《ていねん》か。

ぴちゃんっと、不意に鼻先に水滴が当たり「つめたっ」と口から声が出てしまう。

人差し指で鼻の頭を擦って顔を上げると、夜の天幕より先に空を覆い隠そうとする黒い雲が広がっていくところだった。

「今日は良い日だと思ってたんだけど」

人の予感なんて当てにはならないらしい。

せめて帰るまでもってくれと祈りながら、重い足を急かして削れたアスファルトを蹴《け》っていく。


神様に願ったところで、叶《かな》えてくれることなんてまずない。

予想通り、けれど残念ながら雨が降り出してしまう。

梅雨だからと折りたたみ傘を持つようなまめな性格ではなく、朝、降っていなかったからという理由で空から降る雨を防ぐ手立てを持ってこなかった。

鞄《かばん》を傘代わりにして、最悪だとマンションに駆け込む。犬のように身体をぶるぶると震わせて、水しぶきを飛ばす。

もちろん、それだけで制服が吸い込んだ雨を脱水しきれることはなく。

重たくなった身体でどうにかこうにか階段を上がり、自宅のある階まで上る。

そのまま共用廊下を早歩きで抜けようとしたのだけれど、玄関前に辿《たど》り着《つ》く一つ手前で見つけてしまう。

「……」

隣室。凹のようにへこんだ場所にある玄関前で、捨てられた仔犬のように膝《ひざ》を抱えて小さく蹲《うずくま》っている黒髪の少女を。

自然、彼女の前で足が止まる。

それが誰なのか。俯《うつむ》き気味の顔からでもわかった。

顔の良すぎる隣人。

名前は……と考えて、やっぱり思い出せず。

目だけを動かして表札を確認する。そこには『鎖錠《さじょう》』と白い文字で書かれていた。

鎖錠……鎖錠……。明日《あした》には忘れていそうだけれど、それはまぁ良い。顔だけは忘れないだろうから。

隣室なだけ。顔だけ知ってるお隣さん。

そんな彼女が、お隣のとはいえ玄関前で座り込んでいる。しかも、濡《ぬ》れ鼠《ねずみ》で、だ。癖のある髪の一房、その先端からぽたんぽたんっと雫《しずく》が彼女の膝に落ちている。

なんだ？　と最初こそこの状況を不思議に思ったけれど、よくよく考えてみなくても察せられる。大方、家に鍵《かぎ》を忘れてしまい入れないのだろう。

こんな雨の日に不運なことだ。僕でも膝を抱えて嘆きたくなる。

ご愁傷様ですと思いつつ、止めていた足を動かす。そのまま自宅の鍵を開けようとして、

「…………」

なんとも言えない気持ちになって鞄を漁る手を止める。

なんかこう、心がそわっとするというか、これが良心の呵責《かしやく》に苛《さいな》まれるというのだろうか。

けど、同時に不思議に思う。なんでだろう、って。

雨に濡れて、鍵もない。そんな困っている人がいれば、可哀想だなぁ、心配だなぁ、と同情はする。けど、わざわざ関わろうなんて思わない。だって他人だから。

なにより、余計なお世話と突っぱねられるのは怖い。

なのに、今は鎖錠さんを置いていくことに罪悪感を覚えている。後ろ髪を引かれる。

それは同じマンションの住人で唯一顔を覚えていたからかもしれない。

もしくは、顔が良すぎるからかも。結局顔かと言われそうだが、話したことないんだか

ら判断基準なんて見た目しかないわけで。

なんて、誰に言い訳してんだか。自分の内心に嘆息する。

声、かけたほうがいいんだよな。でも、女の子に声をかけるのは、あれだ。どうなんだ。

しかも、相手は見惚《みと》れて呼吸を忘れてしまうほどの美人。

女性に声をかけるだけでもハードルが高いのに、美しさも兼ね備えられては清水《きよみず》の舞台から飛び降りるぐらいの覚悟が必要になる。

ぐるぐるぐるぐるおんなじ所を回ってあれこれ悩んでいるが、結局のところ臆《おく》しているだけで、後は勇気の問題。

どうあれ声をかけると決めたのだから、頑張ろうとぐっと拳《こぶし》を握り込む。

柄じゃないんだけどなぁ……。

そう思いつつも、せめてタオルぐらいは渡そうと一つ戻って彼女の前へ。

「あの……すみません」

「……」

ヤバい。もうめげそう。

声をかけても反応がない。返事どころか、指一つぴくりとも動かなかった。

早くも声をかけたことを後悔するけど、一歩踏み出した時点で後退なんてできるはずもない。

　引き攣る表情筋に力を込めて、どうにか笑顔を取り繕う。

「えっと、鍵がなくて部屋に入れないとか、ですか？」

「……」

　ようやく俯いていた顔がゆっくり持ち上がった。

　暗く淀《よど》んだ、真っ黒な瞳《ひとみ》。濡れた髪を頬に貼り付けた艶《なま》めかしさに心臓が跳ねた。頬が熱くなる。

　水も滴る美人さん過ぎる。

　内側から胸を叩《たた》く心臓をシャツの上からぎゅううっと押さえて平静を保つ。

　意識があるのかないのか。判然としない瞳を下から僕に向けてくる。

「……持ってる」

　なにが？　と一瞬疑問符が飛んだが、すぐにさっきの質問に対する遅すぎる返答だということに気が付いた。鈍いのか、なんなのか。

「そう、なん、……ですか？」

　強がりかな？　と思ってしまう。だって事実、家入れてないし。

　けど、よくよく鎖錠さんを注視してみると……あった。彼女の手に飾り気のない、無機質な銀色の鍵が。

握られて判別し辛いが、形状は僕の持つ鍵と同じだと思う。つまり、自宅の鍵で間違いないはずだ。

なら、どうして入らないのか。

訊《き》こうと口を開きかけたけど、思い直して言葉を飲み込んだ。

入れるのに入らない時点で、なんかあるのだろう、と。

他人ゆえの無遠慮さで訊こうかなとも考えたけれど、たかだか隣人が踏み込むのもなぁと二の足を踏む。

気にはなる。気にはなるんだけど……その好奇心をぐっと押し殺す。その上で考えるのは、これからどうするか。

タオルを渡してはいさようならが一番後腐れない隣人らしい行いだろう。

でもなぁ。

いつ部屋に入れるかわからない女の子を、雨に濡れたまま放置するのはよくない。

オートロックのマンションとはいえ、変な人がいないとも限らないし。

腕を組む。首を傾げる。頭を抱える。

濡れた髪が乾きそうなほど頭を使って、よし。両手を合わせる。

考えはまとまった。あとは鎖錠さんに確認を取るだけ。

ただ、それがなによりも勇気が必要で、緊張で嫌な汗をかく。心臓が痛いほどに跳ねる。

すー、はー。深呼吸を繰り返して……精一杯の笑顔を浮かべる。

「もしよかったらなんですけど……」

震える唇。舌を噛《か》みそうになりながら、どうにか提案する。

「うちに寄ってきませんか？」

「…………」

沈黙が辛い……！

精神的に殺されそうだった。

もしかして、部屋に連れ込もうとする狼さんに見えているのだろうか？

もちろん、神に誓ってそのような不埒《ふらち》な真似をするつもりはない。

……ないのだけれど、客観的に見て、そういう下心がありありだと見えなくもないことは自覚している。ので、青ざめる。

警察呼ばれたらどうしよう。捕まるのかな、これ？

未成年のみそらで逮捕歴が付くのは嫌だなぁ。今から謝れば許してくれるかな？

そんなことを思っていたら、虚ろな瞳で僕を見ていた彼女の口が僅《わず》かに開いた。

なに？　とやや身構える。けれど、なにも言うことなく唇をキツく結ぶ。

どう、なの……？

緊張に不安を重ねて戦々恐々窺っていると、再び顔を俯かせた鎖錠さんがポツリと呟《つぶや》いた。

「……どうでもいい」

これは許諾なのだろうか？

わからない。わからないが……拒絶されたわけではない。

ならばＹＥＳだ。無言は肯定ともいうし、灰色の返答だって同じだろう。

……なんだかますます女の子を連れ込もうとするヤバイ人に近付いている気がしてならない。思考が犯罪者のそれだ。とはいえ、僕にそんな気はないので、気のせいということにしておく。

「なら、行く？」

念のため、再度確認。

彼女の意思ですよー、無理矢理じゃないですよー、という体を維持するため疑問形で締めるのも忘れない。

意志薄弱。こんなんで付いてきてくれるのか不安だったけど、鎖錠さんはふらつきながらも立ち上がってくれる。良かった。付いてきてくれる気はあるようだ。

そこから数歩。隣の部屋、つまるところ僕の家へ。

玄関に到着したので学生鞄《かばん》から鍵を探す。……探す。って、あ、あれ？

汗々と鞄の中を忙しなく探り、どうにか鍵を摑《つか》み取る。

ふぅと息を吐く。ちょっと恥ずかしい。どうしてこういうスマートにしたい時に限って、テンパるんだろうか。というか、さっき開けておけばよかった。自分の要領の悪さが嫌になる。

ようやく解錠し、ドアを開く。そのまま滑り込むようにして部屋の中に入り、内側からドアを支える。

「あー、と。ど、どうぞ？」

「……お邪魔します」

小さく鎖錠さんが言う。あ、そこはちゃんとするんだ。

一貫して愛想なしと思っていただけに意外だった。実は良い子なのかもしれない。

靴を無造作に脱ぎ、濡《ぬ》れた靴下で玄関マットを踏む。

ひぃん。なんともいえない濡れた靴下のびっちゃりとした感触に声なき声が漏れてしまう。

「濡れてても気にしないで上がっていいですから」

どうせ玄関マットは既に僕の足で濡れ濡れだ。廊下もこれからそうなる。

了承したのかしていないのか。

なんの反応も返ってこないまま、彼女は靴を脱いで上がる。そのまま付いてくる……わけではなく、振り返って脱いだ靴をちゃんと揃えている。……僕の分まで。

やっぱり良い子だ。反面、僕は悪い子。

靴ぐらい、いつもは揃えてるんだよ？　本当だよ？　けど、今日は焦ってたっていうか、早く鎖錠さんを上げなきゃと思ってたからで。ごほん。

湧き上がる恥じらいを誤魔化すように、「こっち」と鎖錠さんを自室へと促す。

連れ込みじゃないよ？

そういう言い訳を用意するなら、まだリビングのほうがよいのだろうけど……。

あっちは人を案内できるような場所じゃないので致し方ないのだ。（ヒント：男の一人暮らし）

玄関のすぐ側の扉。招いた自室はそこそこ小綺麗《こぎれい》だ。

古い筐体《きょうたい》のゲーム機やマンガなんかが散らかっているけど、まぁ、許容範囲だろう。

ただ、女の子を案内したのは初めてだからどうにも緊張してしまう。見られて困るような物ないよね？　匂いとか平気？　イカ臭いとか言われたら一生女の子と会話できなくなるよ？

「適当に座ってて」

そこらに転がっていたモコモコクッションを引っ張り出して転がす。

どうせ返事なんかないだろう。返答を待たず鎖錠さんを一人部屋に残して、洗面所に走る。

両開きの棚をバンッと開けて、ゴソゴソ漁る。

とりあえずタオルを――って、あれ？　新品なかったっけ？　新品、新品がいい……一度でも使ったやつはノー。

ポイポイッと中の物を放り投げる。これを母さんが見たら『後で片付けるの大変なのよ！』と怒ってきそうだが、幸い今は一人暮らし。散らかしても叱る人はいないのだ。

そんなこんなで玩具箱《おもちゃ》をひっくり返したように洗面所周辺の床を物で一杯にしながら、どうにか贈呈品と書かれた紙の入った未開封のタオルを見つけ出す。

昔、母親が新聞をとっていた時に貰《もら》ったものかな？　ニュースはネット。新聞はいらんと思っていたけど、予期せぬところで役に立った。センキュー新聞。契約はしないけど。

包装をベリベリ引っ剝《ひ》がしながら、ドタドタ自室に戻る。

ドアノブを摑んで走った勢いを殺し、雪崩れ込むように部屋に突入する。

「タオル使っ……てぇ——っ⁉」

脱いでいた。

パーカーを。パンツを。

用意したクッションを無視して、ベッドに倒れ込んでいた。

上下お揃《そろ》いの黒い下着姿で。

黒の下着と真っ白な谷間のコントラストがとてもエッチですね……じゃなくって！

「な、なな、なんで脱いでるんですかっ⁉」

「……濡れて気持ち悪いから」

だとしても普通脱ぐか。

はぁ……仰向けでもおっぱいいって形崩れないんだなぁ。一瞬、邪な思考が挟まったけど、慌てて背中を向ける。

顔を覆う。

めっちゃ見ちゃったよ裸……いや裸じゃないんだけど似たようなものだし。ちょっと得したと思ってしまっている自分が憎いったらない。

嬉《うれ》しいやら困るやら。息をするのもやっとなくらい心臓が早鐘を打ち、鼓動がうるさい。

ただやっぱり、自分の部屋で女の子が下着姿になるのは、ラッキーと思うよりも困惑が勝ってしまう。

「いや、でもですね？　だからって男の部屋で脱ぐというのは、どうなのか」

女性としての慎みとか、もう少しあると嬉しいのですよ、はい。羞恥心《しゅうちしん》があったほうがそそるしね。なにを言ってるんだ。

なんとも言えない声を上げて蹲《うずくま》ると、

「好きにすれば……」

と、とんでもない言葉が耳に届く。

どこか捨て鉢な声。目を見開き、つい彼女の姿も忘れて振り返ってしまう。

僕のベッドに下着姿のまま仰向けで転がりながら。

感情の薄い、暗い瞳《ひとみ》で天井を見つめている。

「……男なんて、そんなものでしょ」

自暴自棄で、全てを諦《あきら》めたような態度。

それこそ、ここで僕になにをされようともどうでもいいというように。

今ここでしっとりと濡れた素肌に触れようとしたところで、きっと抵抗しないし、なにをされても誰に言うこともないだろう。

猛る欲望のまま、彼女の身体に触れることができる。

だけど、だ。

確かに、鎖錠さんの顔は良すぎる。洗練されていて無駄な部分はないし、綺麗《きれい》で格好良いともさ。

その上、身体は豊満で女性的。ふくよかに実る双丘に触れたいかと問われれば凄《すご》く触りたい。

だけど、だけどね？

「──バカ言うな」

だからといって、合意ではなく、ただ自暴自棄で身体を差し出そうとしている女の子に手を出すほど性欲に溺《おぼ》れてはいないし、落ちぶれてもいない。

ほんと。バカにするなと言いたい。捨て鉢になってしまうほど傷付いている女の子に追い打ちをかける気はないから黙ってるけど。

持ってきたタオルを鎖錠さんに向けて投げる。ふぁさりと、彼女の顔に落ちた。

タオルに隠れて顔が見えないまま、「……あぁ」と納得したように零す。

「……濡れたままじゃ、嫌なのか」

「違うよ!? 濡れたところを拭《ふ》けってこと！　それ以外の意味はないからね!?」

だいたい本当に手を出していいなら濡れていようがいまいが関係ふにゃらがふふ。

…………なんでもない。なんでもないのよ？　ほんとよ？　ほんとなのよ。嘘なんてついてないんだから。

ドア近くの壁に頭を打ち付ける。よくないものが出かかった。反省。

「あと、嫌じゃなかったらだけど、シャワー浴びる？」

「……」

なにやら無言。なにこの間？

「……後から入ってくるの？」

「風邪引かないように！」

もーほんとなにこの子。

ダウナークール系女子に見せかけて、脳内ピンクなのかな？

暖簾《のれん》のように頭からタオルを垂らしたまま、シャワーに向かう鎖錠さんを見つめる。そのまま脱衣所の引き戸が音を立てて閉まったのを見て、

「はぁあああ……っ」

と、膝《ひざ》から崩れ落ちた。

全力疾走した後みたいな疲労感だ。身体に力が入らない。

試されてるの？　神の試練なの？　聖職者になる気はないんだが？

チェーンソーでゴリゴリ削られる理性。

耐えきれるのか？　自分が自分を信用できない。

■■

二、三、五、七、十一、十五……素数を数えて落ち着くんだ。あ、五で割れる。
ベッドに座って手を組み、虚空を見つめる。おっぱいによって削られた理性を鎖錠さんが戻ってくる前に取り戻さないと。

「む」

脱衣所の引き戸が開く音が聞こえた。

近付いてくる足音。身構える。大丈夫。素数で強化した理性ならば女の子のお風呂上《ふろあ》がりでも耐え切れ――

「……ただいま」

おかえりと顔を上げたら理性が死んだ。

今回は裸じゃない。

スウェットを穿いているし、チャックの付いたパーカーも羽織っている。

ただし、チャックはおヘソの上辺りで止まっていて、今にもまろび出そうなたわわな胸が全開だった。つーっと谷間に吸い込まれる水滴が、僕の理性を死体蹴《げ》りしてくる。

「いや……いやいや!?　いろいろなんでなん!?　シャツも置いておいたよね!?」

新品の。

鎖錠さんの動きが止まる。表情に変化はないが……困ってる？

「着たけど……」

身体を抱くように腕を動かすと、ふよんっとおもちが揺れた。

「……入らなかったから」

嘘だろ。

シャツに入る入らないの概念があるの？　男物やぞ？　そんなバカな。

信じられず、顎《あご》に力が入らない。開いた口が塞《ふさ》がらないとはこのことだ。

「じゃ、じゃあ、チャックを閉めてないのは……？」

「……閉まらないから」

腕で胸を支えるように動かすと、チャックがジーッとずり落ち下乳が覗《のぞ》く。

V字に覗く白い肌を見て、はーもうめちゃくちゃだよと顔を覆う。

どんなバケモノ飼ってるの君は？　I字の谷間が目に毒すぎる。せめて隠す努力をして。

見えちゃいけない部分が見えそうで目のやり場に困ってしまう。

「なに？　こういうのが趣味なの？」

「断じて違いますが⁉」

好きか嫌いかの二者択一ならば大好きだけれど、断じて狙ってやったわけじゃない。

信じてください裁判長！　僕は無実です！

心の法廷で声高に無実を主張していると、「そう」とどうでもよさそうに隣に腰掛けてきた。一瞬、ベッドが沈む。

……どうして隣に座ったの？

ベッドじゃなくても椅子があるじゃないか。クッションだって用意してる。モコモコだよ？　触ったら超気持ちいいの。

落ち着かない。お風呂《ふろ》に入ったばかりで鎖錠さんの肌が火照っているせいか、なんだか温い体温がこっちにまで伝わってくるようだ。

まるで乗客がほとんどいない電車で、隣に女の人が座ってきた気分だ。移動したいけど、嫌な気持ちにさせまいかと気を遣うあの心境。

どうしよう。そわそわして鎖錠さんを見ると、開いたパーカーと肌の隙間からふくよかな胸の先、あわやピンク色のなにかが見えてしまいそうになり慌てて正面を向いて首を固定する。お風呂に入ってもないのに顔が熱い。

ほんと、なんなんだこの無防備さは。

普段はむしろガード堅そうなのに、どうして今日はこうもゆるゆるなのか。

これが弱みに付け込むってやつなのだろうか。いや違う違う。狙ってやったわけじゃないんですあくまで未必の故意で……！　あれ？　これだと犯罪認めてる？

茹《ゆ》だって混乱する頭を抱えて懊悩《おうのう》する。

心の中はぐちゃぐちゃでドッタンバッタン騒がしかったけど、室内は静かなモノだった。

鎖錠さんがただぼーっと座ってなにも喋《しゃべ》らないから、僕も口を閉ざす他ない。

正直、気まずかった。自分の部屋なのに、居心地の悪さを感じる。

リビングに逃げるか？　一緒にいる意味なくない？

格好も際どすぎるし、むしろ僕が居たら気軽に脱げないのでは（？）

いかん。頭の中が毛糸みたいにこんがらがってきた気がする。元々大して出来の良くない頭が余計悪くなってしまう。誰がバカだ。

とはいえ、逃走という案は悪くなかった。自室から逃げるという不条理さに目を瞑《つぶ》れば、お互いメリットがある。

逃げるか。逃げよう。

というわけで、重苦しい空気に耐えきれず逃げようと腰を浮かそうとしたのだが、隣を一瞥《いちべつ》してギョッとしてしまう。

「………………」

なにも喋らず。

表情も変えず。

ただただ涙を流していたから。

悲しいとか、辛いとか、そういった負の感情は微塵《みじん》も伝わってこない。

涙がこぼれた。

生理現象のように、眉《まゆ》一つ動かさず白い頬に小さな川が流れていた。

どうして泣いているのか。どうやって慰めればいいのか。

女性の泣いている姿なんて目にしたのは初めてで、どうすればいいのかわからない。

「あ」とか「え」とか意味もない声しか出てこなかった。頭の中は白い絵の具を塗りたくったように、白一色。

新しく思考しようとしても、次から次に白く塗り潰《つぶ》されて考えなんてまとまらない。

泣いている鎖錠さんを見ていることしかできなかった。そこに追い打ちをかけられる。

「……！　鎖錠さんっ⁉」

「……っ」

抱きしめられた。

突然。なんの前触れもなく。

目も合わせず、倒れ込んできたかと思うと、僕の腰を折ろうとするように、背中に腕を回して力強く抱きしめてくる。

お腹が潰されて口から息が漏れる。

同時に、膝に乗って潰れる重量感のある胸の感触に、頭に血が上っていく。

もはや逃げることもできない。僕は両手を上げて触ってはいませんと、ここには居ない誰かに無実を証明し続けることしかできなかった。

けど、そんな自らの保身を考えていられるのもここまで。

「……私は、違うっ。違う、違う違う違う……！　あの女とは……っ」

何度も何度も違う違うと。

駄々をこねる子供のように、なにかを否定し続ける鎖錠さん。

先ほどまでの厭世《えんせい》的でなにもかも諦《あきら》めたような、感情のない彼女とは違う。縋《すが》り付いてくるのは、大声を上げて泣き喚く幼い少女そのものだった。

なにが違うのか。なぜ泣いているのか。どうして扉の前で蹲《うずくま》っていたのか。

その疑問の答えは、彼女が握っていた鍵《かぎ》。あの扉の向こうにあるのだろう。

訊《き》いてみたくはあった。なにがあったのって。

けど、僕にそれを問う資格はない。

「～～……っ、あぁぁあぁあっ！　ぐぅっ、あぁあっ、あぁあぁ…………っ、……、なんでなんで私は、私にはなにも……っ」

僕の服を破きそうなほど強く握りしめる。無意識に爪が立っているのか、背中の皮を削られるような痛みに声を上げそうになった。

それでも黙って、ただ彼女が落ち着くのを待つしかなかった。

だって、僕はただの隣人でしかないのだから。

いつの間にか眠ってしまい迎えた朝は、お世辞にも目覚めが良いなんて言えなかった。座った状態からベッドに倒れ込んで寝ていたらしく、身体がバッキバキに固まっていてめちゃくちゃ痛い。首を動かすと小気味良い音が耳に響く。腕を動かすのすら怠く、このまま倒れたままでいたくなる。

けれど、カーテンを閉め忘れていたせいで、窓から差し込む朝日が二度寝を許さない。

早く起きろと訴えかけてくる日差しの眩《まぶ》しさに強く目を瞑る。

不承不承起き上がらせた身体は至るところが痛んだ。特に背中がひりひりと擦り切れたような痛みを訴えている。

「(ぬぽー)」

……昨日、なにがあったっけ？

日に照らされた室内はいつもと変わらない自分の部屋だ。何事もない日常。

けれども、なにかがあったという事実だけを眠気の抜けきらない脳が認識している。

「あー、なんだ。えーっと」

眉間《みけん》に親指を押し込む。寝てしまう前の記憶をどうにか呼び起こそうとする。

だが、暫く考えても霞《かすみ》がかった記憶は鮮明にならない。どうでもいいことなのか、それとも忘れたいほど衝撃的な出来事だったのか。

「……二日酔いの朝ってこんな感じなのかな」

十五歳。まだまだ酒を飲むには遠く、記憶を失うほど酒を飲むというのは想像するしかない。ただ、毎度毎度記憶を落っことす飲料なんて飲みたくはないなと思う。警察に落とし物として届くわけもないのだから。

顔でも洗えば思い出すかと立ち上がって、ふと勉強机の上にある一枚のメモ紙が視界の端に映り込む。普段なら気にも留めないが、見覚えのない字が気にかかる。

寝癖ではねた頭をかきながら、机に近付いてメモ紙を拾い上げる。

目がしょぼしょぼして視界が霞《かす》む。目を擦る。ぐっと瞳《ひとみ》を細めて焦点を合わせると――

『お礼は言わない。けど、借りは返す』

ふっと肩の力が抜けたような笑みが溢《こぼ》れた。

霞がかった記憶が、解像度を上げたように鮮明に蘇《よみがえ》る。

几帳面《きちょうめん》で丁寧な字。けれど、素っ気なさのある言葉に、鎖錠さんのことを大して知りもしないのになんとなくらしさを感じた。

少しは元気になったのかな？　それならいいなー。

僕には願うことしかできない。他人の心なんて推し量れないし、ましてや鎖錠さんとはただの隣人。言葉を交わしたのも昨日が初めてで、彼女のことをなにも知らないのだから。

でも、まぁ。

わからないなりに心は軽かった。

手を差し伸べたのが余計なお世話にならなかったからかもしれない。それとも、少しは力になれたのかもなんていう、一種の自己陶酔かもしれないけれど、今だけは心地好い気分に浸っていたかった。

ふらふらと後ろに下がって、両腕を広げてボフンッと背中からベッドに落ちる。そして、スンッと鼻を動かして顔をしかめる。

……甘い香りがする。

花のような。お菓子のような。

けれども、本能を刺激する香りに顔を覆ってベッドの上をゴロゴロ転がる。今日は寝れないかもしれない。

■■

当然のように眠れなかった僕は、重い瞼《まぶた》を抱えてどうにか登校する。

初めは気にしないようにと思ってたけど、自分のベッドから違う人の香りがするというのはどうにも落ち着かなかった。

だからといって、消臭スプレーで消すのも気にしているのを認めているようで抵抗があって……。

だが、もう限界だった。

自分の席に座るや否や、鞄《かばん》を枕に突っ伏す。そのまま落ちてしまう。意識が。

おやすみと、内心で就寝の挨拶《あいさつ》をして、登校一番眠りにつくのであった。

……――

――……？

真っ暗な世界が揺れ動いている。

黒一色なのに、確かに揺れ動いていると感じる不思議。

地震？　そう思っていたけれど、どうやら揺れているのは僕の身体らしいと事実に至る。

そして、能動的に揺れているのではなく、肩を揺すられているのだと無意識の領域で理解した。

誰かが僕を起こそうとしている。

クラスメート？　先生？　他は……思い付かない。

いやまぁ誰でもいいけど。

ほぼ一睡もできておらず、とても眠いのだ。授業なんて受けていられない。今日は睡眠学習と決めている。むしろ、席に着いているだけで頑張ったほうだ。

だから今日はこのまま寝かせておくれと。

睡魔に誘われるまま安らぎの世界に落ちようとして——

「起きて」

——ゴンッ。

頭を強い衝撃が襲う。あまりの痛みに目が覚める。というか、目を見開く。

「いっ、だぁ〜〜っ⁉」

なになに⁉　なにごと⁉

金槌《かなづち》で叩《たた》かれたような痛みに頭を抱える。むっちゃ痛い。涙出た。

意識は完全に覚醒《かくせい》したけれど、状況は全くもって意味不明。

いくら教室で寝ていたからって、こんな乱暴な起こし方をするような人いたか？

「うぐぅ……誰だよ～」

ぐすぐす鼻を鳴らす。

突然の凶行に及んだ犯人を確かめようと、顔を上げて恨めしく睨《にら》みつけようとした瞬間、目が点になった。息をするのも忘れる。

もしや、まだ僕は夢の中にいるのでは？

パチパチと瞬きしながら、僕は夢の住人に話しかける。

「……コスプレで学校不法侵入はどうかと」

「寝ぼけてるなら、もう一発いく？」

そう言うのは隣の席から虚ろな目で見つめてくる夢の住人――鎖錠さんで。

トントンッと手で弄《もてあそ》ぶのはやけに分厚い国語辞典で……って、えぇ。

「もしかして……それで殴ったの？」

「起きなかったから」

酷くない？

「角で」

「それはもはや殺人事件では⁉」

　国語辞典は凶器だよ⁉

　血塗れの殺人未遂事件。しかも被害者が自分ということにガグブルと震えが止まらない。

　対して、僕の眠りを永遠にしようとした鎖錠さんは、興味なげに「そう」とだけ口にして僕の机の上に国語辞典を置いた。……しかも僕のなのか、これ《凶器》。

「いや、でもほんとにどうして」

「これ」

　鎖錠さんが片手で掲げたのは、飾り気のない布で包んだ四角いなにか。

　なんだ、それ？

　首を傾げると、僕の手にそれをちょんっと乗せてくる。いやだからなんぞ？

「お弁当」

「お弁当……」

　なるほどわからん。

　鎖錠さんの後ろ。壁にかけられたシンプルな針時計を確認すると時刻は丁度お昼休み。

　言わずもがなお弁当の時間だ。ある意味において今最も相応《ふさわ》しい品と言える。……言え

るが、なんで鎖錠さんが僕に渡すのかがやっぱりわかんない。

なんで？　と首を傾げると、僅《わず》かに頰を赤らめた鎖錠さんが顔を伏せた。

「……借りを作りたくないだけ。勘違いしないで」

あぁ、とようやく理解する。

一昨日《おととい》、雨に濡《ぬ》れた鎖錠さんを家で休ませたことを言っているんだろう。

別に貸した覚えはないけど。まぁ、それはいい。

理由はどうあれ女の子のお弁当。それも相手が美人さんならば尚更嬉《うれ》しいものだ。

なので、そこは素直に受け取るとして、だ。やっぱり、目下最大の疑問は残る。

「なんで学校いるの？」

「……本当に気付いてないの？」

はて？　なにに？

首を傾げると、呆《あき》れたようにため息を零される。鎖錠さんは座っている席の机をコッコツと指先で叩いた。

そこは本来なら空席。入学時から姿を見せていない不登校の——と、いうところまで考えて閃《ひらめ》きの雷が落ちる。ゴロゴロピッカピカだ。

まさか……。

鎖錠さんを見ると、彼女は制服に包まれてなお主張する胸の上に手を置いた。

「鎖錠《さじょう》ヒトリ。よろしく、お隣さん」

それだけ、と。

本当にそれだけを言い残して、席を立つ。スタスタ教室を去っていく。

と、思ったら「あ」と声を発して振り返る。

「服、帰ったら返すから」

……なるほどなぁ。

言うだけ言っていなくなる鎖錠さん。彼女が居た場所を見つめて何度も頷《うなず》く。

顔の良すぎるお隣さんは実は同級生で、学校の席もお隣さんであった、と。はぁー。勉強になるなぁ。

なんて、余裕綽々《よゆうしゃくしゃく》で受け入れているかというとそんなわけもなく。

「今の美人誰？」「もしかして鎖錠さん？」「日向《ひなた》とどういう関係？」「お弁当渡すためだけに来たの？」「おっぱいデカッ！」「服返すとか言ってた」「言ってたね」「え、じゃあ……」「付き合ってる？」「一緒に住んでると――

騒然とする教室に変な汗が止まらない。この後、起こるであろう騒ぎを想像するのは簡単で、今すぐにでも逃げ出したかったが、なにもかも手遅れ。

僕が寝ていたのが悪かったんだろうけどさぁ……。

そうすれば、見られないよう配慮はできただろうに。ただ、その寝不足理由も鎖錠さんにあるのだから、こうなってしまうのは決まっていたのかもしれない。運命なんて信じてないけど。

そんなことを考えている内に、僕を囲むように黒い波のような影が押し寄せてくる。

気になる、気になる、と。

輪になり折り重なり。濃くなった影の中心で『夢なら覚めてくれないかなー』と思う。けれど、机の上に鎮座するお弁当は幻ではなく、避けようのない現実に肩を落とすしかなかった。

■■

少し焦げた卵焼きを口に放り込み、もっちゃもっちゃ食べる。

鎖錠さんの手作りお弁当という唯一の幸福を堪能《たんのう》することしか、僕には残されていなかった。

「ねぇねぇ日向《ひなた》君。さっきのって鎖錠《さじょう》さん、だよね？　どういう関係？　もしかして、恋人だったりする？」

興味津々。目を爛々《らんらん》と輝かせる級友女子さんが話しかけてくる。本来愛らしい顔には、デカデカと『どんな関係⁉』と下世話な好奇心が書かれている。

それは彼女だけでなく。

僕の周囲は男女問わない野次馬で取り囲まれていた。

降って湧いた美味《おい》しそうなニンジン《話題》に、誰も彼も鼻息が荒い。正直怖かった。

対して僕は、食べてますよー？　口を動かしてて喋《しゃべ》れませんよー？　と必死にアピール。

もはや感情は無だ。なにも考えない。ひたすら顎《あご》を動かすのみだ。わざわざ僕から飢えた野次馬共にニンジンを与える気はない。

ただ、なにもしなくても級友女子さんたちは勝手にヒートアップしていく困ったちゃんのようで。

星の輝きのように瞳《ひとみ》をキラキラさせて、恋に恋する思春期少女たちの興奮は高まるばかり。

嫉妬《しっと》と羨望《せんぼう》を瞳に宿し、ドロドロとした感情を向けてくるモテない男共。

物音一つで雪崩が起こる。

ただ、それは僕がなにもしなければ安全ということではなく。

均衡の崩れるキッカケは、周囲に集まった誰でもよかった。

「お弁当作ってくるってことは、やっぱり恋人だよね？」

そうやって、級友女子さんが先頭を切れば、後は崩れていくだけだ。

わらわらと、クラスメートたちが頭を突き出し詰め寄ってくる。

「おいっ！　あんな美人といつ知り合ったんだよ⁉」

「しかもお弁当って……羨《うらや》ましぃぃっ」

「鎖錠さん、学校来てないのに」

「じゃあ、外？　プライベートだ」

「ナンパ？　ナンパなのか？　どうして俺を誘わなかったんだ？」

「ゲームセンターとか？」

「不良に絡まれてる鎖錠さんを助けたのがキッカケ？」

「それなんてエロゲ？」「えー？　逆じゃない？」

「確かに。鎖錠さん不良なんてものともしなそうだし。じゃあ、不良に絡まれて怯《おび》える日向君を鎖錠さんが助けたんだ」

「それで、助けた日向くんを見て、鎖錠さんが一目惚《ひとめぼ》れ、とか？」

『キャ〜〜〜〜⁉』『許せねぇ――――ッ‼』

人をおかずにして盛り上がらないでほしい。

女子と男子。両極端すぎる反応。

なにより、妄想百パーセントの事実に掠《かす》りもしないありきたりな恋物語に辟易《へきえき》してしまう。

しかも、僕が助けられる側なのか。

……いやまぁ。どっちがありえそうかと言えば、僕が助けられる側なんだろうけど。納得はできなかった。

噂に尾ヒレが付くなんて言うけど、まさか目の前で尾ヒレ背ビレが付いていく様を目撃するとは思わなかった。放っておくと魚が龍《りゅう》にまで進化しそうな勢い。

だからといって、事実無根と口を挟めば、『じゃあ、本当はなにがあったの⁉』と鼻息荒く詰め寄ってくるのは火を見るよりも明らか。

まさか、一昨日鎖錠さんを泊めたなんて言えるはずもなく……。結局、口を閉ざすしかなかった。

「どこまで進んでるの？」

と、先ほども先頭を切った級友女子さん。付き合ってる前提の問いかけが気にかかる。

「手は繋《つな》いだ？」

「キスはー？」

「それとも……もっと先？」

「おい揉《も》んだのか？　あの見るからに凶悪なおっぱいを揉んだのかっ⁉」

「うわっ……必死過ぎ。男子さいてー」

「やっ、違くて……！　あくまで事実の確認というか……な⁉」

同意を求めてこないでほしい。

「ま、気にはなるのはわかるけどねー」

「女から見てもおっきいし」

「凄《すご》いよね」「うん、凄い」

「私も揉んでみたいもん」

「じゃあ、やっぱり……」

「揉んだ？」「揉んだろ」「揉んでないわけがない」

うんうんと、男子共が腕を組んでしきりに頷いている。

その中のメガネをかけた一人が、キラリッとレンズを光らせてぼそっと言う。

「……挟んだのでは？」

「はさっ……!?」

感電するように衝撃が走る。

「嘘だろ」「できるのか？」「フィクションだろ？」「いやでもあれなら……」「埋もれるのでは？」

ひそひそと固まって話す割に話し声は筒抜けで。

下世話な妄想を真剣に話し合う男たちを女子たちが辛辣《しんらつ》な目で見ていることに気が付いていない。

ただ、気にはなるのか。級友女子さんがこそっと耳打ちしてくる。

「で、挟んでもらったの？」

「人がご飯食ってる時に猥談《わいだん》とか止めてくれない？」

揉んでも挟んでもないし。

あと、女の子に訊《き》かれて答えられると思っているのだろうか。相手が男だろうと答える気はないが、もう少し乙女らしい慎みを持ってほしい。

はぁ、とため息が溢《こぼ》れる。

もはや疲労困憊《こんぱい》。これ以上クラスメートの玩具《おもちゃ》にされたくはないのだけれど、残念ながら僕に拒否権は与えられていないようだ。様々な娯楽に溢《あふ》れた現代でも、やはり年頃の男女の好奇心を煽《あお》るのは恋愛絡みであるらしい。

僕と鎖錠さんは恋仲ではなく、ただのマンションの隣人でしかない。けれど、お弁当を手渡したという事実だけを切り取って見たクラスメートたちには、男女の関係に見えてしまうのだろう。

逆の立場なら僕でもそう思う。しょうがない。ただ、当事者になるともっと冷静になってくれと言いたくなる。

お弁当を食べているのに、なにかが減っていく状況に嫌気が差していると、今度は男子生徒の輪の中でじゃんけんに負けて呻《うめ》いていた奴が「おい」と声をかけてくる。なんだこの野郎と冷めた目で睨《にら》むが、よっぽど質問に集中しているのか、僕の機嫌の下降を察することなく小声で尋ねてきた。男子たちの息を呑《の》む音が重なる。

「〇ックスした？」

「いい加減怒るが？」

低俗な話で盛り上がりたいなら、僕を巻き込まないでほしい。

男子が下ネタ大好きなのは理解できるが、女子も居て、なおかつ教室中の注目を集めて語れる内容ではなかった。というか、たとえそういう関係だったとしても、ただのクラスメートにそんなプライベートな話を誰が語るというのか。

「あーもううっさい散れ散れ野次馬共」

「えー」「けちー」「いくじなしー」「うらぎりものー」

ほんと最低だなうちの級友共は。

主に男子だが、女子もそう変わりはしない。しっしと追っ払うと、ぶつくさ文句を言いながらも離れていく。

諦《あきら》めた。というより、そろそろお昼を食べないと昼休みが終わるからだろう。

さっきまで僕の周囲に集まっていたクラスメートたちが机をくっつけて、お弁当やらお菓子やらを広げ始める。ただ、僕の話題は続行なようで、こっちを見ながらコソコソ噂話に花を咲かせていた。この思春期さん共め。

「まったく……」

少々荒い手付きで焼きタコを食べる。……なんでタコさんウインナーじゃなくて、マジモンのタコなのよ？　好物か？

とっても不思議。でもまぁ、美味いのでよし。そもそも、厚意で貰《もら》った物に文句なんて言わないし言えない。

だいたいどんな関係とか訊かれてもなぁ……。

正直、お隣さんとしか答えようがない。二重の意味で。

一昨日《おととい》、少しだけ屋根を貸した。それは日常からズレた特殊で印象深い出来事だったけれど、それだけだ。それしかしていない。

借りを作りたくない。鎖錠さんの言葉通り、それ以上でも以下でもないはずだ。

それに、一回雨宿りをさせた程度の借りなど、このお弁当で十分すぎる。むしろ、貰いすぎなぐらいだ。

だから、僕と彼女の関係は変わらない。

ただのお隣さん同士。すれ違って、挨拶《あいさつ》すれば無視される程度の関係性だ。ちょっと切ない。

まぁ、事実をいくら列挙したところで、クラスメートたちは納得しないだろう。

ただのお隣さんがお弁当を作ってくれるのか。そんなはずない。ならばそれは恋なのだと繋げるに決まっている。付き合っていないと正直に答えたところで『じゃあ告白しなよ！　私たちが応援してあげる！』と余計なお世話をしだすに決まっている。

顔に貼り付けたお節介の裏で、好奇心という名の火に薪を焼《く》べながら。

結局、面白可笑しい話がしたいのであって、彼ら彼女らにとって事実なんて些末《さまつ》なことでしかないのだ。

ゴシップのネタにされるなんてたまったもんじゃない。

だからここは黙って自然鎮火を待つのがベター。高校生の興味は移ろいやすいものだ。

他に話題があれば花に群がる蜂のように、脇目も振らず飛んでいくに決まっている。

……目下、僕以上の話題が起こるのかと問われれば、口をつむぐしかないのだけれど。

誰か伝説の桜の木の下で告白してくれないかなぁ。伝説の桜の木なんてないけど。

「日向君。大人のおもちゃって使うの？」

黙れ？

■■

昼休みという名の晒《さら》し者《もの》タイムを地蔵でくぐり抜ける。そして、放課後になった瞬間、教室を飛び出して野次馬共から逃げ切った。

なにやら後ろで叫んでいるような気がしたけど、きっと気のせいだ。

今日は色々と疲れたなぁ……。

昨日に続き、どうにも疲労が抜けきらないまま問題が連鎖している。これ以上はなにも起こらないでほしい。心身共にリヒト君はお疲れモードなのだ。

「帰って寝てしまいたい……」

六月半ばを過ぎて陽は伸びる一方。まだまだ明るく、寝るには早すぎるが、ベッドに倒れ込んだら即座に寝入る自信がある。

ただまぁ、いい加減ベッドのカバーぐらいは替えたい。でなければ、またもや寝不足になってしまう。

梅雨はまだ始まったばかり。雨こそ降っていないが、群青は分厚い雲に隠れている。日差しもなく過ごしやすい気候。だけれど、湿気が多く、ベタつく空気がまとわりついて、下校するにも体力が持っていかれる。

どうにかこうにか見えたマンション。

疲れてはいたけど、早く部屋に帰りたい一心で早足になる。そのままエントランスへ。オートロックの扉の前で肩にかけていた学生鞄《かばん》に手を突っ込み、家の鍵《かぎ》を探す。

昨日と同じ場所に入れてたはず。中身も見ず手探りで探していたら、ガラス張りの扉が勝手に開いた。

どうやら反対側から誰かが来たらしい。

ナイスタイミング。鞄から手を引っこ抜き、便乗便乗と開いた扉を潜ろうと顔を上げる。と、向かいから歩いてくる女性を見て、目を丸くする。

鎖錠さん……？

目をすがめて、ついつい注視してしまう。

よく似ている。それこそ、本人と見紛うほどに。

ただ、別人なのは直ぐにわかった。

素材の良さ満点の無化粧な鎖錠さん。

そんな彼女とは正反対に、しっかりと化粧で彩られてる顔。濡《ぬ》れた赤いルージュがセクシーだ。鼻孔をツンッと刺激する香水も、眉《まゆ》をひそめてしまうぐらいにバッチリ漂ってくる。

肩口にかかる程度の鎖錠さんとは違い、腰付近まで艶《つや》やかに伸びる黒髪。

だが、別人と判断したのはなによりもその表情だった。

頰を吊《つ》り上《あ》げ、嫣然《えんぜん》と微笑む姿は、鎖錠さんとは似ても似つかない。

他人に無関心な鎖錠さんとは対照的。意識的に男を惑わし誑かす。そんな説明し難い妖《よう》艶《えん》な雰囲気が溢れていた。

「こんにちは」

「……こんにちは」

すれ違い様、艶のある笑みを向けられる。

見惚《みと》れたわけじゃないが、どうにも目を離せない。小さく会釈をして、カツカツとヒールを鳴らして去っていく女性を目で追いかける。

足を止める。振り返る。離れていくその背中をただじっと見つめた。

「母親……か？」

自分の口から溢れた言葉に違和感はあったけれど、多分、そんな気がした。

姉や妹ではない……と思う。母親にしては若すぎるけれど、あの色香は年頃の女の子に出せそうにはなかった。

頭の中で鎖錠さんと、今去っていった女性を比較する。

瓜二《うりふた》つの容姿。けれど、化粧、表情、雰囲気からなにもかも全てが正反対の二人。

双子みたいにそっくりなのに、こうまで方向性が異なることに小さな驚きを覚える。

なんとなく、鎖錠さんとは相性が悪そうだなと思った。根拠はない。ただ漠然とした感覚。

もしかしたら、と。

あの日、雨に濡れながらも自分の家に帰りたくなかったのは、今の女性が原因なのかもしれない。

当然、これも根拠はない。無い無い尽くし。

「ま、いっか」

僕には関係ない。

思考を打ち切り、エントランスを抜ける。そのまま一階で待っていたエレベーターに乗り込み、晴れて家に到着したのだけれど、

「……」

……いるし。

玄関前に膝《ひざ》を抱えた少女が蹲《うずくま》っていた。

既視感を伴う光景。

違うのは、隣室ではなくうちの玄関前だということ。

どういうことだよ。肩から鞄がずり落ちそうになる。

呆然《ぼうぜん》と突っ立って現状を受け止めきれずにいると、鎖錠さんが俯《うつむ》かせていた顔を上げる。

目が合う。すると、暗く虚ろだった瞳《ひとみ》が僅《わず》かに緩んだ気がした。そう感じたことに羞恥心《しゅうちしん》を覚える。

僕が帰ってきて嬉《うれ》しかったのか、なんて、勘違い男がすぎる。

自己嫌悪に陥っていると、鎖錠さんが薄い唇を小さく開いて澄んだ声で言う。

「……おかえり」

「た、……ただいま？」

条件反射で返すと、「なんで疑問形？」と冷笑される。

久しぶりに聞いたおかえりの挨拶。その相手はどういうわけかお隣さんで。

なんでか玄関前だった。

■■

「返す」

膝を抱えたまま差し出されたのは、服飾店で貰うような手提げのビニール袋だった。

あ、どうも。受け取って袋を開くと、中には一昨日貸したパーカーとスウェットが入っていた。

「洗ってアイロンかけたから」

「……別にそのまま返してくれてもよかったのに」

逆に申し訳なくなる。

そう言うと、なぜかゴミでも見るかのような目を向けられてしまう。

「きも……。なに？　そんな趣味があったの？」

「はぃ？」

一瞬意味がわからなかった。キョトンとしてしまう。

きもって、なに急に。普通に傷付くんですけどと思ったけど、「……あ」とすぐに鎖錠さんの言葉の意味を理解して血の気が引く。

「ちょっと待って⁉　変な勘違いしてるよね⁉」

女性の着ていた服を洗わずに回収しようとする変態だと思われている。なんてこったい。ないない！　と、大袈裟《おおげさ》に手を振って否定するけど、その効果は芳しくない。強く否定する度、薄く鋭くなっていく目に肝が冷える。

断じて違う。

確かに、これを一昨日鎖錠さんが着てたんだよなとか、洗ったからといってこの服を僕が着るのはなんだかもにょっとするなとか思うところは多々あれど。

「――匂いを嗅《か》いだりしないから！」

断言する。

けれども、鎖錠さんは見下げ果てたクソ野郎を見るように顔の上半分を影で覆い、「……変態」と侮蔑《ぶべつ》の眼差しで睨《にら》んでくる。あれ？　なにか対応間違えた？

弁明って難しい。この世から冤罪《えんざい》がなくならないわけだ。

変態のレッテルが勘違いかどうかはともかく。もはや汚物を見るような目に耐えきれなくなってさっと顔を背ける。

ンンッ、と咳払《せきばら》い。

棘《とげ》のようにチクチク刺さる視線はそのままだけど、無理矢理にでも話題を変える。

こういう時に大事なのは、どれだけ露骨でも方向転換することだ。都合の悪い話はなかったことに。

「お弁当ありがとう。美味《おい》しかったよ」

にへら、と少々引きつるのを感じつつも笑ってお礼を述べると、侮蔑の視線がやや緩和する。

癖のある黒髪をくるりくるりと指に巻いて弄《もてあそ》ぶ。

「……お世辞はいらない。やめて。上手くできなかったのはわかってるから」

不貞腐れたように言う。

まぁ、確かに。卵焼きは焦げていたし、なぜかウインナーじゃなくて焼きタコが入っていたのには下手うんぬんの前に驚いたけど。

「美味しかったよ？」

それこそ、毎日作ってもらいたいぐらいだ。そう素直に口にすると、スッと目を細められる。

「なに、それ。プロポーズ？　よく会ったばかりの女にそんなこと言えるね。プレイボーイかなにか？」

「ちがっ……!?」

失言に気付いて慌てて訂正する。

「そういう意味じゃないから！　ごめん、言葉が悪かった。引かないでお願いその辛辣《しんらつ》な目は心にくるから……！　メンタルがブレイクするぅっ」

よくよく考えなくても、告白と受け取られても仕方のない台詞《せりふ》だった。

酷い。自分でも思う。ミスがミスを呼んで大事故だ。余計なことしか言わない口をバッテンの描かれたマスクで塞《ふさ》いでしまいたい。

背中に気持ちの悪い汗がじわりと浮かぶ。お家《うち》に逃げ込みたくなるけど、今、僕んちの玄関は蹲ったままの鎖錠さんで封鎖されている。逃げ場なし。

「と、ところで」

やや強引にハンドルをきる。二度目の方向転換。

それに、気になっていたことを思い出したので丁度良い。

「どうしてタコが入ってたの？」

「どうして……？」

お弁当を開けた時から気になっていたおかずチョイス。

訊《き》いてみたけれど、その問いの意味自体がわからないというように、鎖錠さんは小首を傾げてみせた。

あ、かわいい。

大人びたとは少し違う。世を憂う危なげな印象を受ける鎖錠さんの子供らしい仕草に心がときめいた。女性が時折見せる幼い仕草って……こう、ぐっとくるものがある。

「……お弁当にタコは定番でしょ？」

「いや、それは……」

なんだか反応がおかしい。冗談を言っている様子もない。

まさか？　とある疑惑が浮上すると、どうにも指摘しにくくなる。いやでも、……ええ？

言おうか言うまいか。頰を撫《な》でて悩んでいると、眉間《みけん》にシワを寄せた鎖錠さんが「なに？　言いたいことがあるならハッキリ言って」と急かしてくるので、まぁいっかと悩むのを諦《あきら》める。

「あーと、タコはタコでもタコさんウインナーであって、お弁当のおかずに本物のタコはあんまり入れないんじゃないかなーって」

しかも焼きタコ。見たことも聞いたこともない。酒のつまみかな？　美味しかったけど。

直接的すぎる僕の疑問は、言わんとすることが伝わり過ぎたらしい。なにかを悟ったように鎖錠さんの顔がボッと火が付いたように赤らんだ。

珍しく取り乱した彼女は、仰け反るように後ろに下がろうとする。けれど、背後には玄関という名の壁があった。後退できなかった鎖錠さんは、顔を横に背けて僕の視線から少しでも逃れようと試みている。

「ち、ちがっ……！　知らなかった、からっ。普段、お弁当なんて作らないし、不思議には思ったけど、そういうものなんだって……だいたいタコって……～～もういいっ」

言い訳していて余計に恥ずかしくなったのか、色白だった顔が赤い果実のように熟しきる。

抱えた膝の内側に顔を隠してしまう。羞恥心に耐えきれなくなったようだ。

天然……というか、ちょっと常識に疎い、のか？

ネットや本で情報を仕入れて実体験を伴わないというか、箱入りのお嬢様めいたズレを感じる。

タコさんウインナーが一般常識かどうかは議論の余地があるけども。いや、そんなくだらない議論したくないけどね？

「うん、でもいいんじゃないかな焼きタコさん。美味しかったし、火を通してるからお弁当にも適してると思うよ？　タコさんウインナーに代わる新しいお弁当の定番おかずになるね！」

「……煽《あお》ってるわけ？　ほんと最悪」

コミュニケーションって難しい。

貝のように口を閉じて俯いてしまった鎖錠さんをどうしようかなと考えていると、「こんにちは」とマンションの廊下を通り過ぎるおばさんに挨拶《あいさつ》をされる。

「こ、こんにちは」

嫌な場面での遭遇。ちょっとテンパって挨拶し返すと、ふふっと笑われてしまった。

なんだか無性に恥ずかしい。

それは鎖錠さんも同じだったようで、肩がわなないている。黒髪の隙間から僅かに覗《のぞ》く首筋が赤い。

「……あー、ね？」

き、気まずい。

羞恥《しゅうち》と緊張で体温が高まる。一度無言になると、話を切り出すのにも勇気が必要だ。なにかないかなと都合の良い話題を探す。やはりここは定番で最強の天気デッキだろうか？　曇ってますね。はは……なんてまったく会話が広がらないどころか、重たい空気の暗喩《あんゆ》と受け止められるかもしれない。

この空気を取り繕おうと、どうにか思い出した用件を口早に伝える。

「お弁当箱は今度洗って返すから……！」

「……変な気を遣わないで」

断られる。なんでだ。

膝《ひざ》を抱えていた手を伸ばされる。手のひらが上を向く。弁当箱を寄越せ、ということらしい。

「いやでも、さ。お弁当作ってもらった上に、洗い物まで任せるのは申し訳ないんだけど」

「……ん」

無言の圧力。ちょいちょいと指先が動く。

はぁ、と嘆息する。居た堪れないけれど、強情を張るだけ余計に迷惑だろう。

僕は学生鞄《かばん》からお弁当箱の入った巾着《きんちゃく》袋を取り出すと、彼女の手のひらにそっと載せた。

すると、鎖錠さんは巾着を両手で摑《つか》み、軽く上下に振る。からんっと軽い空っぽの音が鳴った。

膝を抱えて感情の薄かった少女が、少しだけ嬉《うれ》しそうに頰を緩めた。

「――」

その表情に、一瞬目を奪われる。

散り際の花のような、儚《はかな》さと美しさを併せ持った顔。胸を締め付けられる。そんな言葉があるが、本当に痛みを伴うとは思わなかった。

ただ、それも瞬きほどの出来事で。

まるで幻想だったように、彼女の顔から笑顔は消えていて。

全てを諦めたような、暗く淀《よど》んだ鎖錠さんを象徴する影が張り付いていた。

「用は済んだから」

言葉通り、本当に用件はこれだけだったらしい。

拗《す》ねた子供のように動かなかった鎖錠さんは、彼女を縛りつけていた杭《くい》が抜けたように
あっさりと立ち上がった。

そして、そのまま僕の横を通り過ぎようとして、足を止める。

「……明日《あした》も持っていくから。待ってても待ってなくても、どっちでもいいけど」

それだけ、と。

鎖錠さんは言い残して、隣の部屋に消えていった。

ぼけっと。暫く呆《ほう》けていた僕は、彼女が去ってからハッと我に返る。

ようやく鎖錠さんの言葉を理解して、驚きに声を震わせる。

「……え？　明日もお弁当届けに来るの？」

わざわざ？　お昼休みの教室に？　登校もしてない鎖錠さんが？

どうして。そう、疑問を投げかけるのはあまりにも遅くって。

当然、鎖錠さんに届くことはなかった。

■■

死んだ目をした鎖錠さんがお弁当箱を渡してきたのは、またしても昼休みだった。

「はい」

渡された巾着袋を受け取る。歯を噛《か》み合わせ、眉間に力がこもる。嬉しくはあるのだけど、なんとも言えない気持ちが喉《のど》につっかえている。

鎖錠さんにお弁当を貰《もら》い始めて一週間が過ぎていた。

ただ、回数を重ねたからといって貰うのに慣れてきたかと言えば、そんなことはなく。

わざわざ鎖錠さんが昼休みにだけ教室に現れ、僕にお弁当を渡して帰るのは一際奇異に映っているのだろう。周囲から刺さる好奇の視線。ヒソヒソ話。歯ぎしりを伴う嫉妬《しっと》。

女の子からお弁当を貰うという高校生活における一大イベントは、これまで女性と縁のなかった僕には精神的な負担が大きすぎた。

一方的に貰う申し訳なさと、教室中の耳目を集めているという緊張で押《お》し潰《つぶ》されてしまいそうだった。

二回目からは断ろうと思ってたんだけどなぁ……。

心苦しさばかりが先立ち、これで最後にしようと貰う度に考えている。

けれども、感慨もなく、事務的に、お弁当を渡されるだけの簡潔なやり取りに、『もう作ってこなくていいんだよ？』という、やんわりとした拒絶を挟む余地はなかった。配達のお兄さんがお届け物でーすと荷物を渡したら駆け足で帰っていくぐらい隙がない。

「毎回届けてもらうのは悪いし、せめて朝貰うよ？」

本当にせめて、だ。

少しでも心にかかる負担を減らしたいという小さな抵抗。

了承してもらえれば、わざわざお弁当を渡すためだけに足を運ばせているという罪悪感はなくなる。ついでに、クラスメートから集まる好奇の視線に晒《さら》されることもなくなるはずだ。

互いにメリットのある提案だと思う。なんならメリットしかない。Ｗｉｎ－Ｗｉｎである。

けれども、鎖錠さんは元から暗かった表情に影を足して、より陰鬱《いんうつ》な雰囲気を溢《あふ》れ出させる。雰囲気だけで伝わってくる嫌悪の感情に身体がこわばる。

「…………朝は、……」

カラカラに乾ききった喉を使って、痛みを覚えながら絞り出したような辛そうな声。言葉は続かない。ぐっと握りしめた胸元のブラウスのシワが、彼女の心情の苦しさを表しているような気がした。

「……そっか。うん。余計なこと言ったかな」

カサブタすらできていない傷に触れてしまったような感覚に陥り、バツが悪くなる。察するな、というほうが無理だ。

まさか、こんななにかありますという空気で、ただ朝が弱いなんてしょうもない理由なわけもないだろう。寝起きの悪い鎖錠さんというのも見てみたくはあるけど。

「なにもないなら帰る」

話は終わりと、踵《きびす》を返して帰っていくのも変わらない。

その背から感じられるのは外界に対する興味のなさだった。

自分がどれだけ普通とは違う特異な行動を取っても、周囲の評価を気にしないから泰然としていられる。

他人だけじゃなく自分のことにすら無頓着《むとんちゃく》で。

心臓が動いているから、仕方なく生きるために行動しているだけにも見える。

あながち的外れな考察というわけでもないだろう。

ただそうなると、僕の手にあるお弁当は、鎖錠さんにとって生きるために必要なことなのだろうか？

借りを作りたくないと鎖錠さんは言う。それは、他人と縁を作りたくないという、彼女なりの防衛本能のようなものだろうか。

清算して、借りをチャラにする。

ただ、それだけでは今の状況を説明できない。

貸し借りが等価であるべきだというならば、既にこちらの借りが重くなりすぎている。

天秤《てんびん》は逆側に傾いた。

一日の雨宿りは、一週間のお弁当とは到底釣り合わないのだから。

それとも。

鎖錠さんにとって、あの日あの瞬間の出来事は、こうまでしなければならないほどに価値があったのだろうか。慣れないお弁当作りをして、毎日届けに来るぐらいの価値が。

本人ではない僕がいくら考えたところで答えは出ない。こう思っているかもしれない、あんな風に考えているかもしれないと、思考が廻《めぐ》るばかりで答えには辿《たど》り着《つ》かない。

けど、まぁ。そんななにもわからない僕にも、一つだけ断言できる事実がある。

「ねぇ？　鎖錠さんとほんっとーに付き合ってないの？」

「ないよ」

ないんだよ。

■■

アルバイトをしていない僕にとって、親から送られてくる生活費が使えるお金の全てだ。お小遣いもそこから出ている。

使いすぎればお小遣いは減り、節約すれば逆に増える。

少しでも手元のお金を増やして遊びに当てようと考えるのは、親元から離れて暮らす学生にはあるあるだろう。

なので、閉店間際のスーパーに赴き、値引きシールの貼られたお弁当を買うのがほぼ日課だった。夕食の時間が遅くなるデメリットはあるが……半額は強い。

蛍光灯の光で燦々《さんさん》と照らされる店内にいると、昼夜の感覚が狂いそうになる。

昼間のように明るい店内だが、流石に閉店間際となるとお客さんは少なかった。けれど、値引きシールを貼っている割烹着《かっぽうぎ》姿の店員さんの後ろをギラついた目で追うおばさんが何人か集まっていた。あそこだけ、店内の人口密度が高い。

一瞬、僕もおばさんの一団に交ざろうかと足を前に出そうとしたけど、直ぐに考えを改める。

追加で貼られる値引きに興味は尽きないが、夜は深い。

これ以上夕食を後ろにずらすと、それこそ明日の朝起きられなくなってしまう。

後ろ髪を引かれる。けれど、目的地であるお弁当売り場を目指して、ツルリと光沢のある白い床を蹴《け》って進む。

と。

「「あ」」

たった一言、一音が重なった。

鏡に映ったように、小さく〝あ〟の形で口を開けたまま見つめ返してくるのは鎖錠さんだった。

片腕に買い物カゴを引っ掛けて、もう片方の手でウインナーの袋を掴む瞬間。

買い物カゴの中には鶏肉や卵、トマトといった食材が放り込まれている。

これは、あれか。

「お弁当の食材……？」

咄嗟《とっさ》に溢れた僕の疑問に、鎖錠さんの唇の端が僅《わず》かに下がった。言い訳を考えているのか、唇を結んだまま動かなくなってしまう。けれど、時間をかけて出てきた言葉は、

「……そう、だけど」

という、言いづらそうな肯定だった。諦《あきら》めたらしい。

なんだか、見ちゃいけない気まずい場面に遭遇してしまった。布を織っている鶴の姿を覗《のぞ》いたような、そんなきまりの悪さがある。

表情こそ変わらないけど、鎖錠さんも瞳《ひとみ》が揺れ動き、戸惑っているのが見てとれる。普段、凪《な》いだ水面のように表情に乏しいせいか、ちょっとした変化でも感情の揺れ動きが際立つ。

見なかったことにして、早く離れたほうがいいかな。

そう考えて、踵を返そうとしたけれど、とある事に気が付いて「あ」と再び一音の驚き声が漏れた。しかも、今度は血の気が引くおまけ付き。

「材料費……」

鎖錠さんの肩がピクリと動く。

完全に失念していた。

そりゃ、無から有が生まれるわけもなく、ガチョウが金の卵を生むわけもない。であるならば、今回みたいに鎖錠さんが買い物しているのは当たり前で、お金がかかっているのも当然だ。

やっちまった。口を押さえる。己のバカさ加減に呆《あき》れてしまう。

「どうでもいいでしょ」

鎖錠さんが気にした様子はない。むしろ、摑《つか》んだウインナーの二連パックのほうが気になるのか、戻そうか戻すまいか迷っている。

だけど、だ。

彼女が気にしなかろうが、僕は気にする。すっごく。

なので、少し強引に鎖錠さんの買い物カゴを奪う。

「……、……なに？」

突然の僕の行動に、鎖錠さんが一瞬身を硬くする。

けれど、直ぐに咎《とが》めるように睨《にら》みつけてきた。その目は威嚇する猫のように吊《つ》り上がる。

その鋭さに臆《おく》するも、これだけは譲れないと奪った買い物カゴを抱えるように守る。

「お弁当の材料なんでしょ？　なら、僕が買うのが筋だ」

「……いい。やめて」

なんとなく、そう言うんじゃないかと思っていた。

やりたいからやっている。口出しするな。眉根《まゆね》を寄せるその表情を見るだけで、言葉にせずとも気持ちが伝わってくる。わかりにくいのに、わかりやすい女の子だ。面倒な子でもある。

「嫌」

僕はウインナーを取ると、そのまま奪った買い物カゴに放り込む。

自分の柄じゃないのは重々承知しているけれど、ここで日和るほど意気地なしでもない。

こちらからは引かないぞ、と。

意思を伝えるように睨み返すと、鎖錠さんは増々鋭く目を細める。刺々しい苛立《いらだ》ちを放つ鎖錠さんに言う。

「材料費まで考えてなかった僕が悪いけど、これじゃあ逆に申し訳なくなる。借りだ貸しだっていうなら、せめてこれぐらいはさせてくれない？」

「……」

鎖錠さんが押し黙る。

眉間《みけん》にシワを寄せて、眼光が研ぎ澄まされていく。

しばらく睨み合いを続けていたが、鎖錠さんが諦めたようにため息を零した。僕は引かないし、不毛なやり取りだと思ったのかもしれない。

「好きにすれば」

突き放す言い方。

けれど、鎖錠さんが折れたのは確かで、小さな達成感にグッと拳《こぶし》を握る。

不機嫌のままに。

荒い足取りでスタスタ歩いていく鎖錠さんの背を追いかける。

「今度からは僕が買うから。あ、それとこれまでの精算もしてね」

「……忘れた」

「嘘でしょ」

指摘すると、唇を尖《とが》らせてプイッとそっぽを向いてしまう。

その様子が拗《す》ねた子供そのままで、悪いとは思いつつも声を出して笑ってしまった。そのせいで、増々不機嫌になって意固地になっていく鎖錠さんがなんだか可愛く見えて。堪えきれずにまた笑ってしまって脛《すね》を蹴られたのはご愛嬌《あいきょう》ということで。

……で、まぁ。

そこで終わっていれば、愉快な気持ちのまま帰れたんだけど。

「……なに、その弁当？」

「……おゆはんです」

底冷えするような冷ややかな声に、今度は僕が顔を逸らして彼女の視線から逃げることになる。

お弁当売り場。買い物カゴには追加で入れた半額シールの貼られたカルビ丼。

悪いことはしていない。していないんだけど……母親に無精《ぶしょう》を責められているようで、居た堪れなくなってしまう。

……カルビ丼は美味《おい》しいんだよ？　特にタレが。

なんて言ったところでお母さん《鎖錠さん》が説得されるはずもなく、かといって取り下げさせるのも筋違いと思っているのか。

レジでお会計をするまで、ただじっと冷たい視線に晒《さら》され続けて、空腹とは違う理由でお腹がきゅ～っと鳴いた。

■■

行きは一人。帰りは二人。

同じマンションに住んでいるので、当然帰路は鎖錠さんと同じ。肩を並べる帰り道。

点滅する街灯だけを頼りに住宅街の狭い道路を歩く。

食材の入ったビニール袋を持ち直しているのを見て、「持とうか？」と荷物持ちを申し出たけれど、感情のない真っ黒な目を向けられてしまった。

さっきのまだ根に持ってるのか。しょんぼりすると、なにも言わずにビニール袋を押し付けられる。驚いて目を見開くと、跳ぶように前に駆け出し距離を取られた。

三メートルかそこら。恥ずかしがってるのかなんなのか。

重みのある荷物を軽く持ち上げて、まぁ少しは頼りにされてるのかなと解釈することにした。そのほうが心の健康に良いだろう。

……多分、面倒くさくなっただけなんだろうけど。真実は誰も幸せにはしない。

薄い雲がかかった、真っ暗な夜空の下。静けさが漂うアスファルトの道を黙々と歩く。

その間、なにも話すことはなく、気付いた時にはマンションに辿《たど》り着《つ》いていた。

エントランスのオートロックを開け、二人でエレベーターに乗り込む。

階は同じ。僕はボタンの前に陣取り、鎖錠さんは後ろの壁に寄りかかる。現在の階を示す赤いデジタルの数字が増えていくのをただぼーっと眺めていると、目的の階で止まった。

ＲＰＧゲームよろしく。前後に並んでエレベーターを降りる。

マンションの共同廊下なんてそう長い物じゃない。十歩も歩かないうちに、鎖錠さんちの玄関前だ。

「じゃあ」

片手でさよならを告げ、持っていた荷物を渡そうとした。……んだけど。

振り返って見た鎖錠さんの様子が少し変だった。

扉の前で立ち尽くし、硬直している。

横から見える彼女の表情は憎々しげで、嫌悪に満ち満ちていた。だというのに、顔色は蒼白《そうはく》で、なにかに怯《おび》えているようにも見えた。

スーパーからこれまで。機嫌こそ良くなかったけど、ここまで明確な嫌悪を表に出すことはなかった。変わったのは玄関に着いた瞬間。エレベーターを降りて僕が先頭を歩いた僅かに背を向けていた間に、豹変《ひょうへん》と言っていいほどに彼女の表情は変わっていた。

玄関になにが……？

目印か、なにか。見ただけで鎖錠さんが劇的な反応を示すなにかが。

鎖錠さんの身体を避けて、覗くように玄関を確認する。……と、それはあった。

ドアノブに引っかかる、小さなポシェット。

他になにかないか視線を泳がせたけど、これといって見つからない。僕の家の玄関と大差なかった。

つまりあれが鎖錠さんの心を不安定にした要因。

「……っ」

鎖錠さんが微かに俯《うつむ》き、二の腕を掴む。

握る力は服に深い皺《しわ》ができるぐらいに強く、手の甲に血管が浮き上がっている。

忌まわしげに、苦しげに歪《ゆが》む瞳はいつかの雨の日に見た、なにもかも諦めた虚ろなモノに変わっていた。

震える肩。その姿は捨てられ、死にかけている猫にも見えた。

「……あー」

頭をかく。どう声をかけるべきか悩む。

こういう時、なんと言えばいいのか教わったことはない。慰めの言葉か、気にした素振りも見せないことか。

ただ、言葉こそ選ぶが、やることは決まっている。

だって、見て見ぬふりはできない。死にかけの捨て猫が辿る末路なんて、少し頭を働かせれば誰にでも予想がつく。

そう感じてしまうほどに、今の鎖錠さんはあまりにも危うげだった。

同情なのか。偽善なのか。

柄ではない。が、やらないよりはマシ。それこそ、ここで放置して鎖錠さんになにかあったなら、後悔するに決まっている。

結局は保身だよなぁ。後ろ向きの決断。気まずい空気を払うように、努めて大きな声を上げて彼女を呼ぶ。

「鎖錠さん」

「…………」

彼女は答えない。俯いたまま、身体を震わせるだけだ。寒そうに。

まるであの時の再現だ。違うのは、これが二度目であること。そして、僕と鎖錠さんがスーパーから一緒に帰るぐらいの仲にはなったこと。

「えっと」

言葉がつっかえた。喉《のど》の下で詰まっているそれを、絞り出して彼女に伝える。

――うち、泊まる？

■

で。

「……なにこれ？」

「ごめんなさい」

なにも考えずに誘ったはいいものの、日常化していてすっかり忘れていた問題に直面する事態となってしまった。

両手で顔を覆う。現実から目を背けたかった。

ただ、残念なことに、隣でしかめっ面を作る鎖錠さんが許してくれはしない。

「……汚い部屋。本当に人が暮らしてるの？」

辛辣《しんらつ》な言葉。僕への皮肉ではなく、ただただ現状の感想なんだろうけど、あまりにも的確に僕の心に深く突き刺さる。

羞恥《しゅうち》と気まずさでもはやうめき声も出ない。

なんで、そんな心無い言葉を吐かれているのかと言えば、まぁ、端的に言って汚部屋。

前回とは違って、買った食材を冷蔵庫で保存するのにリビングに通すしかなくって……。

ゴミこそまとまっているけど、床には洗濯して取り込んだまま放置している衣類の山が築かれ、ボウリングのピンのようにペットボトルが無規則に立って並んでいる。

そりゃあ呆《あき》れた言葉の一つや一つ出てくるというもの。こんなことになるなら、日頃から掃除してればよかった。

当たり前だけど、そんな後悔は今更だし、未来予知できない時点でやるわけがないのだけれど。思いたくはなるのだ。過去の僕、もっと頑張れと。

「泊まらせてもらうのにこんなことを言うのは失礼だろうけど……だらしなさ過ぎる」

「……すみません」

ごもっともすぎる言葉だ。もはや謝るしかない。

なんかもう、しょうがなかったとはいえ、家に招いたことを後悔している。

「……はぁ」

鎖錠さんが嘆息する。

心臓がビクッと驚いたように一際大きく跳ねた。動揺のまま彼女を注視していると、どういうわけか洗濯物に手を伸ばす。

「え……と、あの？」

「……歩く隙間もないから」

困惑していると、山のてっぺんのシャツを手に取った鎖錠さんが、床に膝《ひざ》を下ろして正座する。

「こんな状態でご飯なんて食べられるわけないでしょ。それとも、ゴミに座って食べろって言うの？」

ブンブンッと左右に首を振って否定する。もちろん、そんなつもりは毛頭ない。……ないのだが。

「……洗ってる？」という訝《いぶか》しむ彼女に「畳んでないだけです！」と声をうわずらせながら答える。咄嗟《とっさ》の返答が怪しかったのか、疑わしげにジト目を向けられると、持っていたシャツを鼻に近づけ、すんっと音を鳴らした。

とんでもない行動にうぇぶっと喉で変な音が弾ける。に、匂い嗅《か》いで……っ!?

羞恥に身悶《みもだ》える僕とは違い、欠片《かけら》も気にしていない鎖錠さんは「嘘じゃないみたい」と独り言を零して洗濯物を畳み始める。

〜〜〜……っ！！？

バンバンッと床を叩《たた》きたい衝動に駆られる。やったら怒られそうなのでやらなかったけど、心の中では暴れ倒している。

なんでそんな平然としてるのっ!?　普通恥ずかしくない？　嗅ぐほうも嗅がれるほうも！　僕がおかしいの？　女の子とのペットボトルの飲み回しを気にするぐらい今の僕は気持ち悪いというのか!?

頭を抱えていると、結局「静かにして」と怒られた。しゅんってなる。

僕が変なのかー？　と羞恥と疑念は残るが、これ以上騒ぐと追い出されそうなので大人しくしておく。僕の家なのに。

というか、服の匂いを嗅ぐ嗅がないもだけど。

僕が招いておいて、部屋の掃除をさせるとか酷すぎない？

これが恋人相手だったなら、別れ話を切り出されているのは間違いなかった。恋人じゃなくて良かった、とは思えないけど。

あまりに申し訳ない。でも、止めるべきか、それとも一緒にやるべきか悩む。

身体を左右に動かして、あ、う、え、と壊れた機械のように声を漏らすことしかできない。

そうして戸惑っていると、鎖錠さんが手に持っていた洗濯物を畳み終えて口を開いた。

「……借りっぱなしは、嫌だから」

手が止まる。

下を向いていた鎖錠さんの顔が僕へと向いた。視線が交わる。ただ、それも一瞬で、まるで逃げるように畳んでない洗濯物を引《ひ》っ掴《つか》むと、「それだけだからっ」と語気を強くして言い、作業に没頭するように畳む作業に戻っていった。

……あは。

零れそうになる笑みを内心で留める。危ない危ない。また怒られるところだった。

意外と律儀だよね、鎖錠さんは。

「それは、ほら。お弁当作ってもらってるから」

貸し借りはなし。

鎖錠さんが皮肉っぽく頰を吊《つ》り上《あ》げる。そして、吐き捨てるように言う。

「あぁ……下手くそで常識知らずなお弁当ね」

「個性があるうえに美味《おい》しいとか素敵じゃない？」

素直な感想を伝えると、むっつりと黙り込んでしまう。

目も口も不機嫌そうに曲げて、「……言葉を飾るのが上手なのね」と皮肉めいた言い回し。

本当なんだけどなぁ。

僕の言葉選びが悪いのか、鎖錠さんが素直じゃないのか。

ただ、もう少しぐらい信用してほしいなー、と思っていると、「ところで」と彼女が薄く細めた目を向けてくる。なに？

「あの積み上がった空き缶はなに？」

「……あー」

あれかー。

鎖錠さんが顎《あご》で示すのは、部屋の隅っこでピラミッド型に積まれた空き缶タワーだ。

足の踏み場もない、物だらけのリビングにおいても、そのカラフルなタワーは異様な気配を放っていた。

そりゃあ、ツッコまれるよね。

じっと、目線で咎《とが》めてくる鎖錠さんに耐えきれず、そっと目を逸らす。

ただ、逸らしたところで頬に刺さる視線はチクチク痛くって。

聞き取れるか取れないか、微妙な声量で僕はボソボソと言い訳を口にする。いや、説明する前から言い訳な時点でアウトなのはわかってるんだけどね？

「それはー、そのー、ね？」

なんて言おう。思いつかない。

「捨てるのが面倒くさかったと言いますか、溜《た》めてるうちにどこまで積めるかなーなんて毎日積んでたら楽しくなっちゃって。捨てるのも勿体《もったい》なくなって……でも綺麗《きれい》に積めてると思いません？」

「で？」

頑張った僕の言い訳が『で？』の一音でなかったことにされた。

ダラダラと冷や汗が止まらない。

「あ。ちゃんと洗ってるから汚くはないですよ？　ほんとほんと」

「……そう」

有耶無耶《うやむや》にするべくおちゃらけて見せたけれど、鎖錠さんは無情だった。

「捨てる」

冷たく言い捨てる。

立ち上がり、「いいね？」と確認というか、ただの最終宣告に僕はなすすべもなく、

「……はい」

と、頷《うなず》くしかなかった。

僕の努力《怠惰》の塔が瞬く間に瓦解《がかい》した瞬間であった。

あー。

■■

ジュー、ジュー、と。

キッチンから聞き慣れない焼き音が聞こえてくる。

どこにあったのか、可愛らしいフリルのエプロンを引っ張り出した鎖錠さんが、夕食を作っているところだった。

『今日はお世話になるから』

と、夕食の準備を買って出てくれたのだ。

買ってきたカルビ丼は一つしかないし、鎖錠さんに不評だったので、冷蔵庫にしまわれ

てしまっている。

それに多少の未練はあるけれど、女の子が手料理を振る舞ってくれるという幸せな状況と比較すれば、そんな些細《ささい》な未練もすぐに消えた。

キッチンを覗《のぞ》き込むと、ダウナーでクールな雰囲気とは対照的なピンクの可愛らしいエプロン姿の鎖錠さんが見えた。

本人の印象とのギャップはあれど、顔が良すぎるからだろうか。違和感はあるのに妙に似合っているのだから凄《すご》い。顔面パワーが強すぎる。

とはいえ、そんななんでもこなせそうな見た目とは違い、調理については悪戦苦闘しているようだ。

置かれたスマホを逐一確認しながら、たどたどしく、危なっかしい手つきで調理をしていた。

ガタンッ、ガタンッ、とまな板どころか調理台までも叩き切る勢いでトマトを切る。

計量スプーンとスマホを交互に見ては、恐る恐るボールに投入している。

手出し無用と言われたけどさぁ。見ているだけでハラハラしてしまう。

どうせ料理なんてできないけど。

なんだか我が子が初めて包丁を握った時のような落ち着かない感覚になってしまう。

そうやって、カウンターの陰に隠れながらこっそり見守っていたのだけれど、鶏肉を切り終えてふぅっと一息ついた鎖錠さんが顔を上げる。目が合う。

あ、ヤバいかもと思った時には彼女の顔が険しくなる。

「……座って大人しく待ってて。そう言ったよね？　なに？　ただ待ってることもできないの？　貴方《あなた》、もしかして赤ちゃんだった？」

「ばぶー……って、いやごめんっ!?　だから、包丁持ったままこっちこようとしないで！」

冗談で茶化そうとしたら、危うく刃傷《にんじょう》沙汰《ざた》になるとこだった。慌ててリビングの座椅子に飛び込む。

そんなに料理してる姿、見られるの嫌なのか？

まぁ、鎖錠さんの料理風景は見ているこっちまでヒヤヒヤドキドキで、心臓は大忙しだけれど。目を離すのはそれはそれで怖いものがある。

だけど、そういう拙い所を見せたくないのか、見られるのを露骨に嫌がる。最初、手伝おうとしたら追い出されたし、せめて隣で見守ってようとしたら脛《すね》を蹴《け》られて追い出されてしまった。

ちょっと見栄っ張りなのかも？　なんて、思っていたら「もうすぐできるから、並べておいて」と重ねた食器をテーブルに置いていった。

「はーい」

子供のように手を上げる。

なんだか嫌そうな目で見られたけど、鎖錠さんはなにも言わずにキッチンに戻っていった。いや、別に煽《あお》ったわけじゃないからね？

ようやく回ってきたお手伝いできる場面。家族がこの家に居た時は、尻《しり》を蹴られようが『めんどー』とテーブルにべたーっと突っ伏していたが今日は違う。率先して夕飯の準備をする。

机を拭《ふ》いて、お皿を並べて、それぞれの席の前に箸《はし》を置く。

そうこうしている間に「できた」と鎖錠さんが皿に盛った料理を並べる。あとはご飯をよそうだけ——となった瞬間。

「あ」

パカリと炊飯器を開けた鎖錠さんが驚きの声を発した。

しまった、という響きの詰まったその反応に釣られて横から覗き込めば、理由は明白。

水に浸かったままの米が、釜《かま》の中で泳いでいた。

スイッチの押し忘れ。ご飯は炊けていなかった。

「……ごめん」

バツの悪そうな鎖錠さん。

肩をすくめる。別に謝るほどのことじゃない。なかったところでもどうにでもなる。

「それなら——うぇっ⁉」

ぎょっとする。鎖錠さんが泣いていたからだ。あまりにもいきなり過ぎて反応が遅れる。どういう感情を抱けばいいのかわからない。

「……なに？　じっと見て」

鎖錠さんは自分が泣いているのに気が付いていないのか、いつもと変わらない態度だ。声音も涙声ではなく、至って平坦《へいたん》。

僕の見間違いかと疑いたくもなるけど、今なお彼女の黒い瞳《ひとみ》から涙の川が頬を伝い流れているのだから間違いない。

「なにって……あ、と。うんと……だい、じょうぶ？」

窺うように訊《き》く。鎖錠さんは首を傾げると、顔に指を這《は》わせて、小さく口を開いた。濡《ぬ》れた頬を指先で拭《ぬぐ》って、自分に呆《あき》れるようにため息をつく。

「気にしないで。よくあることだから」

「いや気にしないでって言われても……」

しかもよくあることって。

困惑してしまう。心配するし、忘れられるはずもない。

それに、キッカケはご飯の炊き忘れとはいえ、それだけで泣くとは思えなかった。原因は他にあるんじゃないのか。けど、僕が訊いていいような話とは思えないし……。

悶々《もんもん》とする。目を瞑《つぶ》って、言われた通り気にしないようにしていると、再び彼女がため息を零す音が聞こえた。

目を開ける。涙を拭い去《さ》った鎖錠さんが僕を見ていた。

「……時々、感情より先に身体が反応することがあるだけ。私はなんとも思ってないのに、勝手に涙が流れる。壊れてるの……それだけ」

この話はお終いというように、鎖錠さんがキッチンに向かう。なんでもないように彼女は言ったが、その言葉は僕にとって衝撃が大き過ぎた。受け止め方がわからない。

壊れているというのがなにを指しているのか。涙腺《るいせん》だろうか？　それとも……。

立ち尽くしていると、鎖錠さんがキッチンから戻ってくる。その手には僕がスーパーで買ったカルビ丼が乗せられていた。

「悪いけど、ご飯の代わりはこれでいい？」

「あ、うん……」

頷く。あれだけ食べたかったカルビ丼だけれど、今はあまり嬉《うれ》しくはなかった。

からあげ、卵焼き、レタスとトマトのサラダ、そして——タコさんウインナー。

明日《あした》のお弁当のおかずになるはずだった食材が、夕食となって食卓を彩っている。

唯一、ご飯だけはレンジでチンした出来合いの半額カルビ丼。それぞれのお皿に分けて盛っていた。

中学三年の半ば。

もうすぐ卒業だからと父親の出張に付いていかず、一人暮らしを始めてから手作り料理なんて食べてこなかった。お弁当か、カップ麺《めん》。酷い時は食べないなんてこともあったぐらいだ。

それがどうだ。

女の子。しかも、超が付く美少女に手料理を振る舞ってもらえるなんて。夢を見ているんじゃないかと、頬を抓《つね》ってしまう。痛い。

気にかかることはある。けれど、ご馳走《ちそう》を前にすると、食欲と期待、そして幸福が勝った。

「……下手なのはわかってる」

向かいに座る鎖錠さんが低い声で呟《つぶや》いた。頬を抓った僕の行動。不満があるとでも思ったのかもしれない。

それにまぁ、言いたいこともわかる。

鎖錠さんの手料理は全体的にこう……拙い。

焦げていたり、食材の形も不揃《ふぞろ》いな物が多かったりする。

タコさんにしようとしていたウインナーは、切れ込みを入れすぎたのか無惨にもバラバラ。タコさんウインナー殺蛸《しょう》事件である。

卵焼きは形が崩れて表面はボロボロ。上手く丸まらなかったのか、破れて折れ曲がっている。

からあげは揚げすぎたようで、黒い焦げ目が目立つ。大きさも不揃いだ。

サラダは綺麗《きれい》な見栄えをしているけど……それを言ったところで慰めにはならないだろう。むしろ、皮肉と受け取られそうだ。

お世辞にも上手とは言えない。

だから不味《まず》いかと言えば、そんなこともないわけで。

いただきます。両手を合わせて、箸でからあげを一つ摘まむ。

「うん、美味《おい》しい」

ジューシーで、サクサク。ついつい頬が緩んでしまう。

「そういうの、いいから」

「お世辞じゃないよ」

本当に、そうだ。お世辞じゃない。

特にからあげは揚げ物だから、お店の作り置きと違って衣がしっかりしているのが良い。

やっぱり揚げ物は手料理が一番だ。

からあげに限った話じゃない。他の料理もそうだ。

不格好だし、見た目は悪いけれど、味は美味しい。それは事実で、間違いじゃない。

ここ一週間。お弁当を食べている時から感じていたことだったけど、

「慎重で、丁寧だ」

今日の調理姿を見て美味しい理由がわかった。

鎖錠さんは普段から料理をする人じゃない。それは、作った料理を見ただけでわかるし、調理する姿を見れば一発だ。

けど、ちゃんとレシピ通りに作ろうとしている。

計量スプーンを使って調味料を量るし、からあげは二度揚げしていた。

慎重に、手間を惜しまず。

そのせいでやたら時間がかかって、レシピを確認している間に焦げてしまうことも多々あったようだけど。

鎖錠さんの料理が美味しいのは当たり前だった。

「鎖錠さんの優しい性格が出るよね」

「………なにそれ、意味わかんない」

そんなに言うなら残さず食べろとでも言うのか、ドンドン取り皿に盛られてしまう。

気付けばサラダに卵焼き、からあげが一つの皿に盛り盛りだ。

「いやぁ……これはどうなの？」

「知らない」

プイッと顔を背けられる。まぁ、食べるけどさ。

そうして暫く。僕一人が黙々と食べ続けていて、それを鎖錠さんがチラチラと盗み見るという状況が続いていた。なんだか、動物園のパンダにでもなった気分で落ち着かない。

ただ、鎖錠さんが取り分けてくれた料理を半分食べたところで満足してくれたのか。

彼女も手を合わせて囁《ささや》くような声で「……いただきます」と口にすると、欠片《かけら》のようなからあげの衣をちょこんと箸で摘まんで、小さく開けた口に入れた。

綺麗な線を描く顎《あご》が静かに動く。

「美味しいでしょ？」

我が事のように笑って訊くと、鎖錠さんは険しい顔で言った。

「不味い」

「えー」

目の前の女の子は頑固で、とても素直じゃなかった。

「そんなわけないでしょー？　美味しいよねー？　ほらほら。素直な感想を述べよ？」

「……うざい」

心底鬱陶《うっとう》しそうに睨《にら》みつけられてしまい、渋々引き下がる。こんなに美味しいのに……。

「ほんと……まずい」

何度も何度も、不味い不味いと繰り返す。念じるように。そうであってほしいとでも言うように。

けれども、料理の盛られたお皿が綺麗になるまで、ゆっくりだけれども鎖錠さんの箸が止まることはなかった。

第2章　ダウナー系美少女と学校に登校したら

ゆさゆさ、と。

心地好い揺れが僕を微睡みから目覚めさせていく。

瞼《まぶた》の上から瞳を照らす陽光が眩《まぶ》しい。

微睡みながらも、ゆっくりと瞼を開く。すると、見慣れていてもドキッとしてしまう、整いすぎた顔が視界一杯に広がった。目覚めて早々に息が止まりかけてしまう。

「……起きた？」

眠たそうにも見える暗い瞳《ひとみ》に、僕は頷《うなず》く。朝一番に見るには心臓に悪すぎる顔だ。あんまり強くないので勘弁してほしい。

どうやら、鎖錠さんがベッドで寝こけていた僕の肩を揺すって起こしてくれたらしい。ベッドの脇で膝《ひざ》を突いて、覆い被さるようにして覗《のぞ》き込んできていた。

「なにそれ。子供みたい」

嘲笑《ちょうしょう》するように笑われてしまう。

それを恥ずかしいと思うには、まだまだ頭が目覚めていなかった。

上体を起こして、あぐらをかく。くわぁと欠伸《あくび》が漏れた。

「……ぐぅ」

ぽやぽや、と。頭が働かない中、視界は鎖錠さんを映す。いつもながら死んだような目に、美しすぎる顔立ち。

綺麗だなぁ……。とりとめもない感想を抱きつつも、なんだか違和感を覚える。

それがなんなのか、睡魔の残る頭ではなかなか判然としなかった。けれど、彼女の顔、それから視線を落として大きな胸を見て、あぁと理解する。はて、と首を傾げる。

「……なんで鎖錠さんがうちにいるの？」

「――――は？」

ぼけっと閉じ忘れた口から溢《こぼ》れた疑問に、鎖錠さんが冷たい声を発する。怖い。

喉《のど》から響く低音。ぞわりと悪寒が走った。

真っ黒な目が、本当に理解していないのかと僅《わず》かな失望を宿している。

唇をムッと結び、不機嫌さが顔に出る。

えぇー？　なんかあったっけ。鎖錠さんがうちにいる理由……？

半分以上眠っている頭をどうにか回転させて——閃《ひらめ》いた。パンッと両手を合わせる。

「あー、朝チュン？」

「……」

沈黙が痛い。なにか間違った？　考えるけれども、正解も不正解もよくわからなかった。

なんだか気まずい雰囲気。この空気をどうしたものかと思っていると、鼻を鳴らした鎖錠さんがせせら笑うように唇を歪《ゆが》めた。

「……そうだって言ったら、どうするの？」

「え？」

考える。

朝チュンってことは、つまり夜に鎖錠さんとアレをしたってことになって。だったら責任を取る必要があって……責任？

…………？　…………………………——ッ⁉

「やっ……ちがっ⁉　ごめっ……！」

完全に覚醒《かくせい》した。なにを言っているんだ僕は。

顔が熱い。羞恥《しゅうち》で身体が燃えてしまいそうだ。というか死にたい。むしろ死ぬべきではなかろうか。

一通り取り乱した後、顔を覆って黙り込む。

「……おはよう」

「おはよう」

さっきまでの出来事をなかったことにしたくて、挨拶《あいさつ》からやり直したら、鎖錠さんはちゃんと返してくれた。優しい。

「良い夢は見れた？」

……前言撤回。鬼だ。

涙目で睨むと、「冗談」と笑って立ち上がる。冗談にしてはたちが悪いけど、発端が僕なので強く言えない。朝が弱いのをここまで恨んだのは今日が初めてだ。

今度から頑張って起きようと思っていると、鎖錠さんに見下されているのに気が付いた。

「死体蹴《げ》りして楽しい？」

「……？　死体なんて蹴らない」

意味が伝わらなかったらしい。一般的な言葉だと思ってたけど、そういえば元ネタは格ゲー用語だったっけ？

死体よろしくベッドに倒れ込む。眠気はさっぱり消えてしまっているけれど、刺激の強い目覚めだったせいか身体に力が入らない。脱力して、はーっとお腹を凹ませる。

「私がここにいる理由、思い出した？」

……まだ蹴るのか。

やるせない気持ちになって、もはやどうでもよくなったけど、幾分か彼女の声には真剣さがあった。ちょっと気にしているかもしれない。

声を出すのも億劫《おっくう》。だけれど、余計な心配させるのもよくないのでちゃんと答えよう。

「……そういえば、泊まってたよね」

しかも、提案したの僕だし。

■

洗面所で一番初めに目にしたのは、頭の爆発だった。「げっ」と嫌そうな声が喉から漏れた。

酷い寝癖。まだ鳥の巣のほうがまとまっているし、芸術的だ。対して、僕の頭は幼児の落書きじみている。

こんな頭を見られてたのかと、今更ながら恥ずかしくなった。

濡《ぬ》らした手で髪を撫《な》でる。ブラシで梳《と》かす。

けれど、今日の寝癖はなかなか頑固なようで、撫でても撫でてもあらぬ方向にぴょんっとはねてしまう。

「このっ……」

「……なにやってるの」

あ、と。後ろから伸びてきた手にブラシを奪われる。

「じっとしてて」

髪から彼女の指を感じる。間に入り込んだ瞬間、なんともいえない感触に身体が震えた。

思わず、背筋が伸びる。

「や、と……さ、鎖錠さん？」

「……じっとしててって、聞こえなかった？」

聞こえていたけど、ただ棒立ちになるには、湧き上がる衝動が強すぎた。

なんで鎖錠さんに髪梳かされてるの？　疑問が湧く。けれど、鎖錠さんは止める気がないようで、上から下に、何度もブラシを通す。

一度ブラシが髪を梳かす度、体温が0.1度上がる。このままだと終わる頃には高熱で目を回してしまうかもしれない。

上昇していく熱に浮かされていると、鎖錠さんの手が止まる。鏡の中の僕は、幾分マシになった鳥の巣。

「……はぁ、頑固。リヒトと一緒で性根が曲がってるのかもしれない」

「ちょっと？」

どういう意味だと振り向こうとすると、後ろから腕が伸びてくる。そのまま身体を寄せられてしまい硬直してしまう。ふわりと、背中に触れる柔らかい感触に声さえ出てこなくなる。

「っ、……!?」

え、なに？　どういう状況？

驚いてなにもできずにいると、ガチャッと音がした。鎖錠さんの手が水流をシャワーモードに切り替えて、蛇口のヘッドを引っこ抜いていた。ジャーッと、シャワー特有の水で洗面台を叩《たた》く音が室内に広がる。

「頭屈めて。濡らしちゃう」

どうやら、のぼせ上がった頭は強制的に冷やされるみたいだ。

朝食は堅焼きの目玉焼き。裏面はしっかり焦げているが、食べられないほどじゃない。トースターで焼いた食パンの上にマーガリンを塗って、昨日のサラダで残っていたレタスを乗せて食べる。

起きて朝食が用意されているなんて久しぶりで、なんだかちょこっと感動してしまう。ここ最近は、朝なにかを食べることすら少なくなっていたから。良くてコーンフレークぐらいだ。

「……そんな焦げたの、無理して食べなくてもいいから」

「ふぁにが？」

口の中で食パンを嚙《か》む音が耳を騒がしくしていて、よく聞き取れなかった。食パンを咥《くわ》えたまま「？」と首を傾げると、「……食べながら喋《しゃべ》らないで。行儀悪い」と叱られてしまった。

鎖錠さんが起こしてくれたおかげで、今日の朝は優雅だ。時間的余裕がある。

のんびり制服に着替えて、学生鞄《かばん》を肩にかける。時間に追われず、家を出るのはいつぶりだろうか。母さんなんか、いつ頃からか起こすのを諦《あきら》めて、遅刻しようとも知らんぷりなのに。

「行くの？」

部屋を出ると、待ち構えていたように鎖錠さんに出迎えられた。

「そうだけど」と返事をしながら、鎖錠さんを一瞥《いちべつ》する。

黒のパーカーに、暗い色のパンツ。

身体の一部が大きすぎるため、僕の服じゃ収まりきらないのは実践済み。『貸してもらうのに文句は言わない』というのが本人の談だったけれど、流石にジッパーが閉じず、ほとんど胸が見えてしまっているパーカー姿は目のやり場に困ってしまう。精神衛生上よろしくない。嬉《うれ》しくないかどうかは言わない。

なので、今の鎖錠さんは自前の服。着替えを取りにいくぐらいならと、自分の家から持ってきた服装だった。女性的ではないけれど、シンプルで良く似合っているけど……。

「なに？」

「いや、うーん」

言っていいものかどうか。悩む。

ただ、視線が鬱陶《うっとう》しかったのか、鎖錠さんの目が細くなる。う、苛立《いらだ》ってるかも。

早く言えという圧に押されて考えていたことを話す。

「嫌じゃなかったらだけど、さ。一緒に行かない？　学校」

駄目元で訊《き》いてみる。だが、反応は芳しくなかった。

真意を探るようにその黒い瞳《ひとみ》に見つめられると、なんだか居心地が悪くなる。

同じ高校で、同じクラス。そのはずなのに、一人で家を出るというのがどうにも違和感があっての提案だったけど、やっぱり踏み込みすぎたのかもしれない。

「あぁ、いや。ごめん、気にしない――」

「わかった」

「……へ？」

瞼《まぶた》を何度もパチパチさせる。

驚きで固まってしまっている僕とは違い、決断した鎖錠さんの行動は早く、そのまま玄関に向かっていく。家から制服を取ってくるんだと思う。

「ほ、本当にいいの？」

嫌なら撤回していい。そういうつもりで再確認したけれど、鎖錠さんは言葉を翻すことはなかった。玄関ドアを少し開く。隙間から差し込む光に照らされながら、振り返った彼女が微かに笑った気がした。

「……リヒトと一緒なら、いい」

その言葉にどういう意味を含ませたのか。問うことができないまま、鎖錠さんは玄関を飛び出し、無情にも扉は音を立てて閉まった。

一人廊下に残された僕は、肩にかけていた学生鞄をドスンッと床に落とす。彼女が帰ってくるまでの間、閉じた玄関ドアを無意味に見つめていた。

■■

「忘れ物は？」

「ない。……あ、鍵《かぎ》」

戻ってきた鎖錠さんが登校の準備を終えた後、揃《そろ》って家を出る。

ちょっとしたうっかり。眉尻《まゆじり》を下げた鎖錠さんに心底見下げ果てたという目を向けられたけど、概ね問題はなかった。

慌てて部屋から鍵を取ってくる。

玄関で屈む時間すら惜しんで、運動靴の踵《かかと》を潰《つぶ》して改めて玄関を飛び出した。

「あったあった」

「……靴ぐらいちゃんと履いて」

「ちょっと待ってね、と」

戻って早々、眉間《みけん》に皺《しわ》を寄せた鎖錠さんにお小言を貰《もら》う。

母親みたいと思ったが、口に出すと脛《すね》を蹴られそうなので心の中にしまっておいた。僕とて過去から学んでいるのだ。

トントンとつま先で床を叩きながら、握っていた鍵を挿し込んで閉める。

片足立ちをして、「よっ」と持ち上げた踵に指を突っ込み、潰れた踵を持ち上げる。もう片っぽも。

「横着しないで」

「ごめんなさーい」

謝ったけど、増々目を細める鎖錠さんに耐えきれずそっと顔を背ける。小さく「ごめん」と呟《つぶや》くと、はぁっとため息を零された。

鎖錠さんはドアノブを摑《つか》むと、ガチャガチャと閉まっているか確認をする。

こういうところを見ると、しっかりしているというか、意外にも生活感があるなと思う。荒《すさ》んで、諦観《ていかん》しているのに、地に足が着いているというか……。うん、しっかりしてる。

そこから数歩。隣室である鎖錠さんちの玄関前をそのまま通り過ぎて、エレベーターへ。

毎朝一人のエレベーター待ち。ただ、今日は制服姿の鎖錠さんが隣に並んでいた。

いつもの日課。そこに鎖錠さんが居るだけなのに、物語の世界に迷い込んでしまったように、映る世界が違って見える。

実際、その通りなのかもしれない。だって、家にいる時からずっと、僕の視界にはこれまで僕の世界にいなかった彼女が常に映り込んでいるのだから。

癖のある黒髪。どこか光の乏しい暗闇のような瞳。

制服であっても変わらず大きな曲線を描く双丘はご立派で、ついつい見入ってしまうこともしばしば。鎖錠さんから目が離せなかった。

なんだか、胸の内側がソワソワする。

これからこんな美少女と肩を並べて登校するのか、僕は。

自分から提案したくせに、今更ながらに怖気づきそうになる。女の子と登校するのなんて、小学校の集団登校以来だ。あれを一緒に考えていいのかは微妙なところだけど。あまりにも経験が皆無だった。

だからって、『じゃあ一緒に行くのは止めよう』とか言い出したら、あまりにもクズすぎるし、意気地なしである。

上唇を噛み、吐き出しそうになる弱音を封じ込める。

エレベーターの扉が開く。乗り込む。

なんだか怖いような、嬉しいような。不思議な心地でじっと鎖錠さんの背中を見ていたら、振り返った鎖錠さんと目が合った。

「……なに？」

なんでもない。僕は首を横に振る。

ほんとなんなんだろうね。彼女の問いかけに対する答えを、僕自身持ち合わせていなかった。

■■

真っ青な空模様にカラリとした天気。群青というのはこういう空を言うのだろうかと、なんとはなしに思う。

六月の終わり頃。梅雨も真《ま》っ只中《ただなか》だというのに、時折、夏を前借りしたような晴れやかな天気になることがある。天気予報では、珍しいやら異常気象やら色々な言葉を使って説明しているけれど、毎年同じような異常異常と言っているので、もはや異常が普通。慣れるのは怖いね、と呑気《のんき》に思う。

ただ、どれだけ暑くてもまだ夏の真骨頂ではないのか、セミの一匹も鳴いていない。まだまだ夏はこれからだぜと言われているようで、今から憂鬱《ゆううつ》になる。

そんな夏の助走期間。晴れた梅雨の日に僕は美少女と一緒に登校している。

これだけ聞くと男子の妄想というか、青春だなぁと思う。夢見た出来事。アオハル。

だからといって、ドキドキ甘酸っぱいイベントが起きるわけじゃなかった。

「……」

「……」

会話はなく、歩道と道路を分ける白い柵《さく》に沿って歩くだけ。

それに、並んで登校……というには、僕と鎖錠さんの位置関係はズレていた。

僕が前を歩き、彼女はその後ろを三歩下がって付いてくる。

昔の理想とされた日本女性像というか、大和撫子《なでしこ》っぽい。

けどまぁ、鎖錠さんはそういうのとは無縁だ。言ったら怒られそう、というか絶対に怒られるから言わないけど。

じゃあなんだと訊かれると、答えに窮《きゅう》する。正直わかんない。

鎖錠さんを拾って十日ばかり。彼女の印象はあんまり知らない顔の良すぎる隣人のままだった。

「鎖錠さん。ちょっと、遠くない？」

「……遠くない。普通」

気のない返事。普通ってなんだ。

暗に『一緒に歩かない？』と尋ねたつもりだったけど、伝わっていないのか。理解した上で拒否されたのであれば、メンタルブレイク必至なのだけれど。うぅむ。キンキンに冷えてやがるぜ、反応が。

だからといって、空気が悪いかといえば、そんなことはなく。

多分だけど、鎖錠さんがこの距離感を好んでいる、……んだと思う。確証はないけど。

歩数にして三歩分。離れて歩くその理由が僕と付き合ってると噂されたくないとかだったら、今晩枕はべっちょべちょになる。けど、違う。男子特有の勘違いとか、強がりとかではなく。

だって、鎖錠さんはそういう周囲の評判を気にしないから。意識するぐらいだったら、僕にお弁当を届けるためだけに教室を訪れたりしない。

■■

校門が見えてくると、周りに同じ学生服を着た少年少女たちが溢《あふ》れ出した。ガヤガヤと、学生らしい喧騒《けんそう》で賑《にぎ》わいを見せている。

団子みたいにギュウギュウ身体を寄せ合って歩く男子生徒の集団を遠目に見つけた。

暑いのによくやる。バカだなぁ。

けど、ちょっと交ざりたいと思ってしまうのは、僕もおバカな男子高校生の一人ということだろうか。こういう年頃って、皆でなにかやるのが楽しいだけで、行動に意味なんてないから。むしろ、無意味な遊びにこそ心躍るというか……あ、先生に怒られた。

そんな学生らしい、どこにでもあるような登校風景。

ただ、少しだけその喧騒の中にどよめきというか、普段とは異なるさざめきが広がっている。

その中心。視線の集まる先は僕……というか、鎖錠さんだった。少し先を歩く僕もついでとばかりに耳目を集めてしまい、周囲の無言の圧力を肌でひしひしと感じ取る。

痛いぐらいに。なんか、変に緊張する。

こんなことは初めて、なんだなんだと身体をちっちゃくしていたけれど、疑問はすぐに氷解した。

まぁ、当然ながら鎖錠さんだった。

見慣れない美少女が気になるんだろう。それに巨乳だ。服の上からでも見て取れるぐらいの。

思春期男子諸君が鼻の下を伸ばしたくなる理由は身をもって共感できる。うん、おっきい。

男子生徒だけでなく、女子生徒すら彼女を見て、興奮したように頰を赤らめながら噂話に花を咲かせているのだから、よっぽど鎖錠さんの容姿は優れているのだろう。

本人にその自覚はなくっても。

そんな衆目に晒《さら》されながらも、本人は変わらず動じない。

鎖錠さんの世界。その内側と外側。

それはそのまま彼女の意識とイコールであり、どれだけ注目されようとも世界の外側に意識を向けることはなかった。

凄《すご》いな。小さな感心を覚える。そして、安堵《あんど》も、

久々、どころか高校生活初めての登校で大丈夫かなぁという僕の心配は杞憂《きゆう》に終わりそうでなによりだ。

学校へ行こうと誘ったのは僕だ。

悪気はないし、純粋に一緒に行けたらいいなーという思いつきだった。けれども、それで鎖錠さんが嫌な思いをするのは本意じゃない。将来のためなんておためごかしは、先生に任せる。

うん。なので、それは良かったのだけど……だけれど、ね？　僕には気になってしょうがないことがある。

主に男子の視線。その向かう先が、彼女の豊かな胸元であることに。

邪な視線に鎖錠さんが気が付いている様子はない。というか、気付いてもどうでもいいのかもしれないけれど……なんだか無性にモヤモヤするというか、イライラするというか

……………。

足を止め、トンッと後ろに下がる。

「……なに？　歩き辛いんだけど」

「いいから」

今はこのままで。

男子生徒たちの視線を遮るように、鎖錠さんの壁になって歩く。

別に付き合ってないし、鎖錠さんを僕のだと喧伝《けんでん》するつもりもないけど。自然、身体が動いていたのだからしょうがない。

僕の態度に目を細めて不思議そうな反応を示すけれど、邪険にすることも、追及することもないのはありがたい。僕とて、なんでこんなことをしているのかわからないのだから。

周囲の反応にムカついたからといって、こうまでする必要はなかった。悪目立ちする。そういうのは嫌いだ。なのに、なんで一時の感情に流されるようにこんな……。ほんと、なんでだ。

顔をしかめながら、内心ため息を零す。

学校に着く前からこれだ。教室ではどうなることやら。

今更ながらに憂鬱になる。

さながら、動物が災害を予知するような予感は、教室に足を踏み入れた瞬間、的中することになる。

『同伴出勤だ――ッ!?』

クラスメートたちによるやかましく、甲高い合唱に出迎えられることによって。

うるせー。あと、出勤じゃなくて登校だ。

そんな心の突っ込みは誰にも届くことなく。

見世物小屋のパンダになった気分で、これから巻き起こるであろう変えられない運命に肩を落とした。


こうなることはわかりきっていたけど、目の当たりにすると嫌になる。こめかみがズキズキと痛む。

げっそりと朝一から気疲れしていると、さっそく級友《クラスメート》女子さんを先頭に野次馬たちに囲まれてしまう。

「そーゆー関係で確定……ってコト⁉」

「というか、朝から一緒にっていうことは……そういうことか？」

「やめてよ下品」

「でも気になるだろ？」

「昨夜はお楽しみでしたね？」

「なになに？　セッ○スしてピロートークでコーヒー決めて朝帰りどころか同伴出勤決め

たってま？」

「おいバカやめろ直球すぎる！　そういうのはもっとオブラートに包んでだな……」

「くぱぁからのグッってやってズボッてしてズンズンドピュゥ？」

「もっと生々しくないそれ!?」

最低だよ。

いくらそうしたことに興味があるからとはいえ、大人の一歩手前である高校生の理性ある会話なのだろうか。

これでは小学生だ。知識ばかりで頭に詰め込んで、精神的な成長は止まったままじゃないか。

朝からこんな酷い猥談《わいだん》を聞かされるとか、耳汚しにもほどがある。

「それで突き合ってたの？」

「なんか意味合い違くない？」

こう……なんだ。言葉だと難しいのだが、ニュアンスのズレを感じる。

漢字が異なるのもだけど……言いしれぬ下世話さがある。

とりあえず「ただのお隣さん」と無難に答えておく。間違ってはいない。

そのはずなんだけど、

「いてっ!?　……え、なに？」

なんか背中を小突かれた。

振り向くと、鎖錠さんが何事もなかったように、真っ直ぐ自分の席に向かっていくところだった。

え……なに今の。

間違いなく鎖錠さんがやったはずなのだが、まるで自分は関係ないとばかりにそのまま椅子に座ってしまう。理由がわからず彼女を見つめていても、そのまま肘《ひじ》を突いて、窓の外を眺めだす。

……どゆこと？

意図を摑《つか》みかねる。疑問だけが胸の内に残って、カサブタのように気にかかる。

代わりにキャイキャイとより一層騒がしくなった野次馬たちを、八つ当たり気味に追い払う。うるさいあっちいけ。しっし。

ブーブーと、馬から豚にジョブチェンジ（？）したクラスメートたちがぶーたれながら各々の小屋《席》に帰っていく。

なんだかんだしつこくないというか、引き際はしっかり見極めている。本気で嫌がるまでやらない辺り、空気は読めるのかもしれない。下品だけど。

周囲一メートル。一歩の範囲に誰もいなくなった瞬間、肩を落とす。瞼《まぶた》が半分落ちる。慣れない状況に、早くも身体が疲れを訴えていた。

やたらと重く感じる学生鞄《かばん》を肩からずり落とし、手のひらで手提げ部分を受け止める。のそのそと自分の席に向かう。歩く、というよりは擦って。足を持ち上げるのも面倒くさい。

移動しながらも、僕の目は窓の外を眺める鎖錠さんに固定されて動かなかった。

開いた窓から夏らしい、熱気を伴った風が吹き込む。

ぶわっとカーテンが舞い上がり、そのままゆらゆらと揺れる。

教室の窓際。教室の端っこに座っているにも拘わらず、鎖錠さんはあたかも中心で、たちまち一枚の絵画になる。彼女に焦点が合い、周りがぼかされたように、一人浮き上がっていた。

初めて教室に来たから浮いているわけじゃない。

まるで、存在そのものが別種のように感じられる。夜空に輝く星々の中、一層大きく煌《きら》めく月のように。

……綺麗《きれい》だな。

素直に思った。けれど、それは異性に感じるモノではない。

それこそ、雲一つない空に浮かぶ満月を見た時のような、美しいモノを見た時に誰しもが抱く感動に近かった。

ただ、そう感じているのは僕だけのようで。

他の級友たちは、初めて登校する鎖錠さんが物珍しく、興味が引かれている程度のものだった。あと、やっぱり胸。どこからか、でかぁ……という声が漏れ聞こえてきた。おい。

すり足だったせいで、短くも長い距離を踏破し、ようやく席に着いて人心地つく。

タイミング良く、黒板上のスピーカーからチャイム音が……鳴ってなかった。

どうやら、ボリュームをゼロにしていたようで、学校中に響いているのが教室にまで伝わってきているらしい。よくあることだ。

チャイム音に続くように、静謐《せいひつ》な廊下からコツコツと硬い床を叩《たた》く足音が響いてきた。

その音に反応した生徒たちが、蜘蛛《くも》の子を散らすようにわっと、ドタバタ自分の席に戻っていく。

「はーい。席についてー。出席取るよー」

ガラガラと引き戸を開けながら先生が入ってくる。その時には、さっきまで騒いでいたのが嘘だったように、クラスメート全員がすまし顔で背筋を伸ばしていた。

それを見た先生が呆《あき》れ顔《がお》で「取り繕うのは上手いんだから」と零す。バレバレらしい。

教壇に向かう片手間、入り口傍の壁にあるスピーカーボリュームを捻《ひね》って教室を見渡し
――ピタッと止まる。

先生の目が丸くなる。ぽかーんという表現が似つかわしいぐらい、気の抜けたように口を開いている。

点になった先生の瞳《ひとみ》の先には、未だに肘を突いて窓の外を眺め続けている鎖錠さん。彼女に視線が注がれたまま、まるで時間を巻き戻すような動きで、先生は後ろ歩きで教室を出ていった。

なんとも言えない静寂が教室を包む。カーテンだけがヒラヒラと我関せずに風に煽《あお》られている。

ガラ……と、今度は僅《わず》かな隙間だけ開けて、先生が教室を覗《のぞ》き込む。

顔を小刻みに動かす鶏のような動きで、教室内を見回している。

「……クラス、間違えてないわよね？　ね？」

今年の四月。初めて教室に入ってきた新任教師そのままに、顔に緊張と戸惑いの色を浮かべながら、恐る恐る自身の担当する教室に改めて入室してきた。

鎖錠さんの登校は、先生すら困惑させる珍事であったらしい。

そんな驚くことかとも思ったけれど、入学からこれまで、一切音沙汰《おとさた》のなかった不登校

児が、何食わぬ顔で席に座っていたら驚きもするか。なんなら、本人かどうかも怪しむレベル。

その混乱の中心たる鎖錠さんはやっぱり素知らぬ顔で。というか、気付いてすらいない様子で、風に揺れて目にかかった前髪を払っているところだった。

僕の視線に気付き、黒い瞳が端に寄る。

「なに？」

「……なんでもないです」

凄《すご》いな、と。

その泰然自若っぷりに改めて感心してしまう。


波乱はあった。けど、逆に言えばその程度。

普段よりも波は高かったが、嵐というには穏やかだった。あくまで日常の延長線上の出来事。

噂の種になりこそすれ、問題と呼ぶには程遠かった。

……ただ、僕のような気の小さい小舟には、ちょっと高い波であっても転覆の危機なのだけれど。

じーっと。

なんか、見られている。

隣から。視界の端に映ってすらいないのに、肌に刺さるのがわかる。

授業中。

高校に入って初めて埋まった隣の席から、無遠慮と言えるほどの視線が向けられていた。穴が開くほど。じっと。

なんで監視するみたいに見られてるの、僕。

気もそぞろにもなる。授業なんて耳に入るわけもなく、右から左に通り過ぎるどころか、一度も入ってこない。

なに？　と訊《き》きたい。けど、今は授業中。朝からあんな悪目立ちをしておいて、先生にまで目を付けられるような事態は避けたかった。

椅子の背もたれに背中を預ける。そのまま少し仰け反り、鎖錠さんを視界の端に収めるようにする。

彼女の机の上には、折り目一つない国語の教科書が閉じられたまま置かれていた。勉強したことも、授業を受ける気もさらさらないことが窺える。

その堂々たる態度に、担任兼国語担当の先生も、気が付いているだろうに咎《とが》めるかどうか困惑しきりであった。

不登校生徒の突然の出席。授業放棄。

並べてみると、新任教師にはなかなかハードルの高い問題だ。僕が登校するよう誘った手前申し訳ない気持ちになる。

ただ、不登校のままよりは良かろうと心の中で手を合わせておく。マジすんません。

鎖錠さんからの外れることのない視線。

担任の先生の当惑。

なんというか、落ち着かなかった。椅子の座りも悪い。

ギギィッと一度椅子を引いて座り直す。やっぱり、なんかムズムズする。

…………………。

……、いや。これを一時間耐えるのはムリでは？

額から流れる汗が垂れて、ノートに落ちる。震えるペンが濡《ぬ》れたノートを破いてしまった。

　駄目だ。実害まで出た。訊こう。

　結局、鎖錠さんの視線に耐えきれなかった。とはいえ、先生に怒られたくないので、ノートの隅っこに走り書き。『なにか用？』と記載した部分を千切って、顔色の悪い先生にバレないようコソコソと手渡す。

　受け取った鎖錠さんは『なに？』と眼力強く訴えてくる。けど、受け取ってはくれた。

　チラリと切れ端に視線を走らせると、こめかみをピクリと動かす。

　すると、手のひらが『ん』と差し出された。

　なにこれ？　目で尋ねると、彼女の長い人差し指が僕が握っているペンを指さした。

　どうやら書く物を貸せ、ということらしい。筆記用具もないんかい。

　本当に、一緒に登校しただけなんだなぁ。

　その豪胆さに半ば感心しつつ、ペンを渡す。

　受け取った鎖錠さんは、先ほどのノートの切れ端に追記する形でサラサラとなにかを綴《つづ》る。そのままペンと一緒に返してきた。

　受け取る。

『別に』

と、たった二文字が書き足されていた。

喋《しゃべ》ろうが書こうが、変わらない素っ気なさ。

ただ、文字は丸っこくて可愛い。女の子が書いたんだなぁって、字面だけで伝わってくるようだ。本人とのギャップがまた可愛さを引き立てていて、ちょっとおかしくなる。

切れ端を見ながらニヤついていると、鎖錠さんの眉間《みけん》にムッと皺《しわ》が寄った。なに笑ってるの、と不機嫌そうだ。

なんでもないと手を振って、さて次はなにを書こうかと少し楽しくなってきた。

学生らしいおふざけが楽しく、知らず気持ちが高ぶっていた。本末転倒とはまさにこのことで、目的と手段が入れ替わる。

だからだろう。熱中しすぎた。それが今日の反省点だ。

「あ」

と、ノートの切れ端でもなく、目で語るでもなく。

鎖錠さんは空気を震わせて声を上げた。

なんだ。顔を上げると、先生が教科書を読み上げながら、僕と鎖錠さんの間を通り過ぎていくところだった。

ひゅっ、とか細く息を呑《の》む。ジェットコースターが落ちる瞬間。胃が浮いたような感覚に襲われた。

バレた？

心臓がバクバクと鳴る。

けれども、先生はこちらを向くこともなければ、注意することもなく、そのまま教壇に戻って授業を進める。

良かった。気付かれてない。

胸《むね》を撫《な》で下《お》ろす。なかなかにスリリングな体験であった。

まぁ、授業中の悪ふざけというのは、こういうのも含めて楽しいものなのだけど。

では改めて。書く内容を考えようとペンを握り直すと、ガッと椅子の足を蹴《け》られた。

今度はなに、と鎖錠さんに顔を向けると、彼女の目が半眼になっていた。

ちょいちょいと机の上を指さされる。

そのまま指先から辿《たど》って追いかけていけば、先ほどまでなかったノートの切れっ端が転がっていた。僕が作った物とは違う。

鎖錠さんが置いたのかな。訝《いぶか》しみながら、綺麗《きれい》に折りたたまれたそれを広げて、ヒクッと頬が引き攣った。

『楽しそうね。先生も交ざっていいかしら？』

なかなかに皮肉の効いたコメントだ。

クラス全体に伝わるよう堂々と指摘されるのは嫌だが、やられてみるとこういうのもなかなかに堪える。

嫌々ながら壇上に目を向ける。先生が教科書を開いて、作者のお気持ちについて説明していた。

バッチリと目が合う。しっ、と人差し指が立てられた。おふざけもそこまでにしろ、ということらしい。

茶目っ気のある良い返しだ。新任教師だからといって、甘く見てはいけなかった。次からは気をつけよう。次があるのかは未定だが。

ま、しょうがない。

これ以上続けるわけにもいかないので、真面目に授業を受けることにする。

……こうなるに至った問題は一切解決していないのだが、それは……我慢だ。授業と授業の間の休憩時間に問い質す。

ふぅ、と息を吐く。……で、今どこ？

教科書のページがわからない。開いていたページは既に終わっていて、ページを捲《めく》っても板書と一致しない。

なんで授業って、時々教科書の順番通りじゃなくって、ページすっ飛ばすんだろうか？現在進行形で凄く困ってるんだけど。

授業を聞かない不真面目な生徒への意趣返しだというなら、なるほど。効果覿面《てきめん》だ。甘んじて受け入れるしかないが、多分違う。

眉《まゆ》を寄せて教科書とにらめっこしていると、ニョキッと視界の横から真っ白な手が生えてきた。目を丸くすると、手が教科書を捲りだす。パラパラとページを捲り、ピタリと止まる。

開かれたページは板書とも、先生の説明とも一致していた。

引っ込まれた手を追いかけると、真っ黒な瞳《ひとみ》とぶつかる。僕はおずおずと会釈する。

「（ありがとう）」

小声でお礼を口にすると、ふいっとそっぽを向かれてしまう。

相変わらず素直じゃない。

それにしても、よく授業を受ける気もないのに教科書のページがわかるものだ。聞いているのかいないのか。もしかしたら、耳に残っていただけかもしれないけど、まさかという想像に微妙な気持ちになる。

僕より勉強できたりする……？

勉強熱心とはいえない。というか、嫌いだし。できればやりたくない。けど、だ。これまで一回も授業を受けてこなかった相手に負けるというのは、勉強できるできない以前にお前はバカだと指摘されたようで納得できないものがある。というか、普通に傷つく。

それこそ、期末テストで点数が上だった場合は……。

うん。もう少し真面目に授業を受けようかな。

少しばかり勉強への熱意が生まれた、そんな日だった。

……が。

「授業中にあぁいうのは止めてね？」

「……はい」

授業後。先生に廊下の隅に呼び出されて、お説教……とは言わないまでも、注意を受ける。勉強への熱意にさっそく水をかけられた気分だ。

というか、どうして僕だけ怒られてるの？　鎖錠さんは？

僕が不満そうな顔をしたからかもしれない。先生は困ったように眉を八の字にする。そして申し訳なさそうにしながら、

「鎖錠さんにも注意しておいてね？」

なんて抜かす。おい先生。

自分で言えと突っぱねたかったけど、注意を受けている身としては言い返しにくい。なにより、鎖錠さんと先生がまともに話せるとも思えず、不満は唾《つば》と一緒に飲み込んで消化することにした。

■■

不真面目な、けれどもどこか高校生らしい授業を終えて訪れた昼休み。いつもなら勉強のない自由な時間を謳歌《おうか》するのだが、今日ばかりは少し憂鬱《ゆううつ》だった。

絶対、質問攻めだよなぁ。ため息が口から溢《こぼ》れだす。

朝こそどうにか逃げ切ったけれど、昼休みはそうもいかない。一時間。キッチリカッチリ針時計を一回り。奴らが好奇心という名の餌を喰らうのに十分な時間だろう。

彼ら彼女らのお腹を満たす話題が提供できるかはともかく。

ただ、予想外にもクラスの野次馬たちが鼻息荒く突っ込んでくることはなかった。昼休み前から視線を感じていたし、なんなら『鎖錠さんが……』とか、『日向《ひなた》くんたら……』とか漏れ聞こえていたのにも拘わらず、だ。

うずうずと、人参をぶら下げられた野次馬たち。暴れ馬のごときクラスメートたちの暴走を止めたのは、他でもない鎖錠さんだった。

授業が終わるチャイムが鳴るや否や、机の横をコツンとくっつけてきて。ギラついた眼をしていた少年少女たちよりも、英語の教師が終わりを宣言するよりも早く。そして、僕が机の上の教科書やノートを片付けるよりも早い行動だった。

……いや、早すぎなんだけど。いっそ、フライングである。

ただ、ここには鎖錠さんのフライングを止める審判はいない。英語の教師も驚きこそすれ、何事もなかったように教室を出ていってしまったし。

たらりと、僕の頬を伝う汗は呆《あき》れか畏怖《いふ》の表れか。

判別がつかないうちに、僕と鎖錠さんの机の上には黒と白、二色の巾着《きんちゃく》袋が並べられていた。

袋の中身は当然お弁当。

届けられるだけだった時とは違い、横に並ぶ鎖錠さんと一緒に食べるというのは、首の後ろ側に熱が溜《た》まるような、妙な感覚があって戸惑ってしまう。

「あ、ありがとう……」

「借りだから」

お礼を言うと、冷めた口調で返された。

鎖錠さんの言う借りが、僕に返すモノなのか、それとも、僕に貸したのか。その言葉と声だけでは判断できなかった。

ただ、まるきり興味ないように見えて、昼休みに突入した途端にお弁当を広げ始めたのだ。内心すっごく楽しみにしていたのでは？　と思わなくもない。

根拠はなかった。けど、そうだといいなぁと思うし、見た目以上に彼女のそういった行動はわかりやすい。

そんな僕の内心を知ってか知らずか、興味ありませんと澄まし顔で「いただきます」と両手を合わせる。礼儀正しい。僕も鎖錠さんに倣って手を合わせて、同じように食前の挨《あい》拶《さつ》を済ませた。昨日の夕食もだけど、こうした挨拶を鎖錠さんとご飯を食べる前はしていなかった。

親元を離れ、というか家族が父親の出張で飛んでいってからというもの、そうした挨拶はしなくなっていた。行儀が悪くなったというよりは、一人でやる意味を見いだせなかったから。

誰かに褒められたくてやるものじゃないのはわかっている。けど、誰かに見られていないと面倒になることは多々あった。

食事の挨拶はその一つに過ぎない。

だから、まぁ。

これは鎖錠さんと関わるようになって起きた、良い変化なのかなー、と思うのだ。

マイナスが零に戻っただけだとしても。

そんなことを考えつつ、パカリとお弁当箱を開く。蓋《ふた》の裏に結露はない。うむ。

「お気遣いいただきありがとうございます」

「……はぁ」

気のない返事。ちょっと悲しい。

お弁当の蓋に結露が付かないよう、冷めてから蓋をするらしい。

最近覚えたらしく、食中毒対策なのだとか。一向に蓋を閉めず、キッチン台に乗せられたお弁当を見て質問したら、そう返ってきた。

特に夏だと食材の足も速くヤバいらしい。巾着袋に一緒に入っていた保冷剤がほとんど溶けているのだから、さもありなん。

最初はやっていなかったんだけど……鎖錠さんにお弁当を作ってもらうようになって一週間以上、少しずつ成長しているようだ。

お弁当箱の中には、昨日の夕食で残ったからあげやサラダ、今日の朝改めて作っていた卵焼きやタコさんウインナーが収められている。

その中のからあげを一つ摘まむ。

うん。「美味《おい》しい」

口から素直な感想が零れると、鎖錠さんの暗闇にも似た瞳がチラリと僕を横目に捉《とら》えた。

「そういうお世辞をいちいち口にしないで」

「お世辞じゃないし。こういうのはちゃんと伝えないと」

毎回作ってもらってるだけの僕。せめて気持ちぐらいは伝えたいのだ。

というか、それぐらいしか返す物がなかった。昨夜、なかなか受け取ろうとしない鎖錠さんに押し付けるように渡した食費は当然として。作ってもらって当たり前ーなんて、妻を家政婦扱いする横柄な夫になりたくなかった。言わなくても伝わるなんて、怠惰で傲慢《ごうまん》な考えだと思う。

なので、思ったことは気の赴くままに口にする所存。

箸で卵焼きを持ち上げ、ニッと笑う。

「特に僕好みのあまーい卵焼きが好きです」

「……よかったね。今日の砂糖入れてないから」

「そりゃ残念」

パクリと食べる。確かに甘くはなかったけど。

「さっぱりしてて美味しいね」

「……適当ばっかり」

ふいっ、と拗《す》ねたように窓の外を向く。

表情はいつもと変わらないけど、やっぱりその態度は雄弁で。

かわいいなぁ、とついつい頬がほころんでしまう。

と、ここまでがウキウキで、少しドキドキな初めて鎖錠さんと一緒に食べるお弁当タイム。

まだまだお弁当は残っているけれど、残念ながら終わりを迎えてしまう。

なぜなら、ご馳走《ちそう》を前にした野次馬がいつまでも足踏みをしているわけもなかったからだ。

「……～～っ！　あ～もー我慢できなーい！」

じれったいとばかりに級友女子さんが飛び出せば、あとは雪崩だ。興奮した暴れ馬の突進に、はぁーっと口から幸せが逃げてしまった。

瞬く間に僕と鎖錠さんをぐるりと取り囲み、ピーピーピーピーピー母親に餌をせがむ雛鳥《ひなどり》のように各々が好き勝手に喚き散らす。

「付き合ってるんだよな？」「なんて呼び合ってるの？」「キスはした？」「何味？」「料理できるんだー」「手作り？　すご！」「羨ま」「なんで日向だけっ」「付き合い始めたのはいつ？」「馴《な》れ初《そ》めは？」「許せん」「告白はどっちから？」「下着は黒？」「初めって痛いの？」「血出た？」

我慢に我慢を重ねたからなのか、鎖錠さんにも遠慮なく質問攻めしている。鎖錠さんがお弁当を届けに来ていた時は、声をかけづらい雰囲気があって……なんて言っていたのに。

僕としても、鎖錠さんはこういうの苦手そうだから止めてほしいんだけど。そっと確認すると、うわ……。鎖錠さんの瞳《ひとみ》から、元々なかった光が更に消えて闇が深くなっていってる……。

当然、答える気はないようで、ムッツリ押し黙っていた。周囲の喧騒《けんそう》なんかないかのように、のっそりお弁当を食べ進めている。メンタルが強すぎる。

諦《あきら》めてなるものかとクラスメートたちも頑張るが、鎖錠さんは徹底してスルーを決め込んでいた。ただ、箸《はし》を握る力が強くなっているのか、左手が震え始めていた。相当苛立《いらだ》っている。爆発はもう間もなく。導火線に火がついたか。

ジジジッと爆弾に繋《つな》がった紐《ひも》の燃える幻聴を聞き、流石に止めに入らないとまずいと制止をかけようとする。ただ、その前に集まった女子生徒たちも喋《しゃべ》ってくれる気はないと悟ったらしい。肩を落としながら、諦めて鎖錠さんから離れていく。

ほっとする。ギリギリだったけど、しつこくないのはこのクラスメートたちのいいところだ。そもそも、その猪突猛進すぎる好奇心をどうにかしろと思わなくもないけど、思春期の高校生にそれは酷なのだろうか。

安心したのも束の間。鎖錠さんのヘイトが下がったということは、だ。次のターゲットは必然的に僕となる。一斉にギラギラ輝く目という目が僕を向いて、うっと慄く。

この際、逃げ出してしまいたいが、鎖錠さんを残していくわけにもいかず、馬群に投げ込まれた人参の気分。落ち着いてご飯も食べられやしない。

「ねーねー教えてよ日向く～ん」

「えーやだー」

級友女子さんが猫なで声で甘えるように尋ねてくるが、そんな単純な色仕掛けに屈するほど簡単な男ではないのだ。

鎖錠さんような美少女とお泊まりまでしていれば、女の子に対する耐性も付くというもの。

彼女に出会う前だったら……屈した気もする。しょうがない。男って単純だから。女の子に甘えられるのに弱いのよ。計算だってわかっていても絆《ほだ》されてしまう。

だが、今は違う。

女子高生に囲まれながらも、鍛え上げられた精神で耐え忍ぶ。わはは。温い温いと思っていたら、ガンッと椅子の足を蹴《け》られた。なにごと。

「……」

鎖錠さんを見ると、お弁当も残っているのにツーンッと頬杖《ほおづえ》を突いて僕と目を合わせようとしない。

えーっと？

「な、なに？」

「べ、つ、に……」

語気が強い。なんか怒らせたか、僕？

正直、わからん。

鎖錠さんはよく『別に』と口にするけど、今回その言葉にどんな意味と感情が込められているのか、僕には判別が付かなかった。

やはり、野次馬さんたちの質問攻めがよくなかったのだろうか？

でもそれって僕にはどうしようもないし。そもそも僕が原因じゃないし。

唇をきゅっと結んで、眉間《みけん》に皺《しわ》を寄せて。見るからに『私は不機嫌だから』と訴えているようだ。これが他の女子なら暗に『構って慰めて』という合図な気もするけど、鎖錠さんに限ってそんなことをするはずもないし……わかんない。

「やば……拗ねてる鎖錠さんめっちゃかわいい」

「ね？　クール系統なのにその反応って、私惚《ほ》れちゃう……」

「ごめんねー？　そういうつもりじゃないからさ。許してね？」

ただ、女の子同士だからか。

周りに集まっていた女の子たちは鎖錠さんが怒っている理由を察したようで、可愛い素敵とキャイキャイしながらも、謝って離れていった。男子は僕と然程認識は変わらず「やーい！　怒られてやんのー！」と子供みたいな野次を飛ばしてザマミロと逆に僕に詰め寄って笑ってきたが。

女心は男には推し量れないものだけれど。

こいつらと認識が一緒なのかと思うと気分が滅入る。

ただ、「邪魔すんな男子ー」と女子に尻《しり》を蹴られながら散らされていったのを見て、大分溜飲《りゅういん》は下がったけど。ふはは、ざまみろー。

ちなみに、余談ではあるけれど、この日を境にクラスメートの女の子たちがこの話題に触れることはなかった。

男子たちは変わらず絡んできたが、その都度女子たちが蹴りを入れて追っ払う。そのため、次第に彼らも空気を読んでか、鎖錠さんとの話題に触れることはなくなっていった。

気になって級友女子さんに『なんで？』と理由を尋ねてみたら、

『鎖錠さんに嫌われたくないし、そっと見守るのが一番だと思ったから』

と、『I♡ヒトリキュンして』と描かれたうちわを作りながら教えてくれた。

さっぱりわからなかったので、とりあえずうちわを没収しておいた。『あー……』とても残念そうだった。

■■

総じて鎖錠さんとの初めての登校はどうだったかというと……正直、疲れた。色々と。

予想できたこともあれば、できなかったこともあって。疲労ばかりが蓄積していた。

まぁ、明日《あした》以降はもう少し落ち着くとは思うけど。

校門を出て、朝歩いた道を引き返す。

隣を歩くのは、制服姿の鎖錠さん。見慣れた制服だというのに、鎖錠さんが着ていると新鮮で、なんだか少しだけ緊張する。

その顔に浮かぶのは常と変わらない、眠たげにも見える虚ろな表情。

夕日に焼けるその横顔は見ていて飽きない。瞳に焼き付けるように、ずっと見つめてしまう。多分、一生見続けていても飽きなんてこないと思う。

それは、鎖錠さんが顔が良すぎるからなのか、それとも、僕がそう感じているからなのか。そうであったならば、その感情の出処はどこなのか。

胸を軽く叩《たた》いても、返事はない。そりゃそうだ。返ってくるのは、少しだけ早まった鼓動だけ。

不意に鎖錠さんの黒い瞳が僕を見た。底のない落とし穴のような暗闇。ふと、吸い込まれて落っこちてしまう幻覚を見る。

「……なに？」

なんだろう？　わからない。

けど、気になっていたことはあったので、丁度いいから訊《き》いてみることにした。

「……無理、してない？」

正直、させたと思う。

僕に気を遣って、一緒に登校して。鎖錠さんが望んだことではなかったはずだ。僕が一緒に行こうと言ったから、彼女が応えてくれただけ。

もし、僕の提案で無意味に疲れさせただけなのだとしたら。そう思うと、胃に鉛玉を飲み込んだような重みを感じる。

ただ、そういう気遣いができる女性だとは思ってはいない。失礼だけど。

それは他人を気遣わないんじゃなくって、他人を気遣う余裕がないからだ。彼女の礼儀正しさを知れば、本質的には優しい女性だというのは理解できる。

けれど、初めて出会った時からずっと。鎖錠さんは自分のことに手一杯で、周囲に目を向ける余裕はない。不意に泣き出してしまうぐらいに、彼女の心は不安定だ。

そんな、結果的に気遣えない鎖錠さんが『良い』と判断したのだから、余計な心配だとは思うけど。

楽しかった、というには微妙な反応で、心が揺れる。コップに注いだ水が振動で波打つように、ゆらゆらと。

不安に駆られて、彼女の暗い瞳を見つめ返す。けど、僕の疑問に答えることはなかった。

そのまま前を向いてしまう。

どうなんだろう。しこりが胸に残る。カサブタのように引《ひ》っ掻《か》いて取りたくなるけど、心の不安が爪で取れるわけもない。

学校に行くか、行かないか。選択するのは鎖錠さんだけど、やっぱり一人寂しく登校かなーって落胆していたら、

「明日の卵焼きにも、砂糖は入れないから」

急な話題。意図をはかりかねてえっとと首を傾げる。

見つめる先。鎖錠さんの頬が赤く染まる。それは地平線に沈みゆく太陽のせいではなく、確かに彼女の感情から発生する熱によるものだと感じた。

鎖錠さんがなにかに耐えるように下唇を噛《か》む。震えた唇がゆっくりと、微かに開いた。

「……わた、しは、ネギが入ってさっぱりしているほうがいい」

それだけ、と。

足早に前を歩いて行ってしまう。

ズンズンと逃げるように小さくなる黒髪の少女の背を見つめて、一瞬間抜けにもポカンと口を開いてしまう。ただ、すぐにふっと笑みが零れた。

言葉の意味するところはわかりきっていて。

ただ、酷く遠回りで、曲がりくねっている。

本当に素直じゃない。

けれど、抱く感情は呆《あき》れではなくって。

もうすぐ日も沈むというのに、燦々《さんさん》と輝く夏の太陽に照らされたように胸の内がポカポカと温かくなっていた。まだまだ梅雨真っ最中だというのに、茜色《あかねいろ》の空には雲一つ浮かんでおらず、実に晴れやかであった。

うずっとして、逃げる彼女の横に駆け足で並ぶ。

屈んで、下から覗《のぞ》き込むようにその顔を見上げれば、見るなとばかりに顔を背けられてしまう。

けれど、その目を離せなくなる綺麗《きれい》な横顔と首筋は隠しようもなく、色付いて見える肌に沸き立つ感情が抑えきれない。

お弁当もだけど、僕は素直に気持ちを伝えようとしている。ただ、今回だけは彼女の流儀に合わせてみよう。

「僕はネギ入りのさっぱり味の卵焼きも好きだよ？」

「……知らない」

「知らないかー。そっかー」

「なにそれ……うざ」

塩い言葉。

なのに、なんだかそれすらも愛おしくなってしまって。

二人並んでマンションに帰る間、ニコニコと緩んだ頬を元に戻すことはできなかった。

■■

「ところで、そのうちわなに？」

「……キュンして？」

「……（虫けらを見るような冷淡な目）」

留守番電話が1件ございます

Piii——

あ、兄さん。

アロハ〜。元気してるー？

兄さんの超絶可愛い妹ちゃんの声だぞー。

どう？　嬉《うれ》しい？　——嬉しいって言え？

まぁ、時間もないしどうでもいいや。

用件だけ話すと、もうそろそろ引っ越しの期限だよーっていうお知らせ。

ちゃんと準備してる？

兄さんに訊いといてって、お母さんから言われるんだ。妹様は手伝う気さらさらないから頑張ってねー。

そのうちまたかけるから、今度はちゃんと出てね？

世界で一番可愛い妹ちゃんからでしたー。じゃあねー。

——Piiii

第3章　ダウナー系美少女が黒猫を拾ったら

人類最高の発明はなにか。

そう問われれば、今この瞬間の僕は電話と答える。

逆に、人類最低の発明はなにかと問われても、やっぱり電話と答える。

世界中のどこに居ても、誰とでも話せる。

それはとても素晴らしいことで、世界の垣根を破壊するのに他ならない。

ただ同時に、誰とでも繋《つな》がれるからこそ、嫌な相手とでも簡単に連絡を取れてしまうし、どこに居ようとも関係を断ち切るのは難しくなってしまう——

スーパーでバッタリ出くわした日。家に泊めたのがキッカケだったのか。それとも、もっと前。雨の日に声をかけたのが始まりで、こうなることは決まっていたのか。

示し合わせたわけではなく、気が付いたら鎖錠さんがちょくちょく僕の家に遊びに来るようになっていた。……しかも、泊まり込み。

初めは違和感を拭《ぬぐ》えなかった。年頃の女の子が一人暮らしの男の家に通うのってどうなの？　って。けど、そう思っていたのは最初だけ。

鎖錠さんが来るのは嫌じゃないし、家庭に事情のある彼女を追い返す気にもなれなかった。

朝、起こしてもらったり、ご飯を作ってくれたり、洗濯に掃除まで……。

気付いたら鎖錠さんと居るのが日常の一部になっていた。

…………。うん、まぁ。ね？

最初は悪いと思っていたんだけど、『借りを返す』って譲る気がなくって。

僕としても楽だし助かるから止められないというか……ちゃ、ちゃんと手伝ってはいるんだよ？　僕の家なのに手伝うって表現はどうなのよと思わなくもないこともないんだけども。

梅雨開けをした七月。夏の盛りとなった一ヶ月の間は、ほとんど鎖錠さんと一緒に過ごしていた。

学校も夏休みに入り、いつの間にか八月に入ろうという頃。することがないと暇を嘆きつつ、勉強机の上に手つかずの宿題が積まれているのは高校生なら当たり前だろう。大丈夫大丈夫。まだあと一ヶ月あるから（フラグ）。

さて、この一ヶ月。大きく変わったことといえば、鎖錠さんと半同棲《どうせい》となっていることともう一つ。それだけでも十分過ぎる変化なのに、加えて彼女との関係性も少し変わっていた。

関係性というか、距離感が。

「……どうしてこうなったんだろうね」

「動かないで」

「はい」

七月最後の日。

この一ヶ月で瞬く間に美味《おい》しくなっていった料理の幸福感と満腹感。その小さな幸せに身を委ねていると、鎖錠さんの両膝《りようひざ》の間に収まり、後ろから抱きしめられていた。

背中を押し返すおっぱいの主張が凄《すご》い。

ちなみにこれ、今日が初めてというわけではなく、ここ最近連日のことである。なんでだ。

理由はわからない。本当にいきなりで、腕を捕まえられたかと思えば、そのまま捕食されるように抱えられていた。

まるで大きなぬいぐるみのように。

僕とて初めてやられた時は焦ったし、恥ずかしかったけれど、そのあまりの柔らかさと心地好さに身を委ねているうちに考えるのを止めた。

時折、だらしなく脱力していると、頭の位置が下がっておっぱい枕になっていて。天然素材のふかふか。目覚めながらに見る夢に抗う術はなかった。男の子だからしょうがない。

鎖錠さんいわく『報酬』らしいのだけど、これがなんの対価になっているのかよくわからない。お弁当の件といい、やっぱり僕ばかり得しているから。

おっぱいに後頭部を埋めながらという至極最低な体勢でイメージするのは、拾った猫がやたら懐くというもの。……猫にしては育ち過ぎだけど、と低反発するふわふわクッションを感じながら思う。

「……」

「……鎖錠さん？」

するりと、なにも言わず鎖錠さんが僕の腕を指先でなぞる。肩から手の甲までゆっくりと。軽く爪を立てたその感触に、背筋がぞくりと跳ねた。そしてそのまま、重ねるように上から手を握られる。離さないとでも言うように、抱きしめる力も強くなって、身体の密着度が増していく。

今日だけじゃない。少しずつ、触れ合いが多くなって、密度が濃くなっている。

最初は指先。その次は手。肩に触れて、背中を撫《な》でて。髪をそっと摑《つか》む。

その行為は子供が甘えるようでいて、時に淫靡《いんび》で。

前戯のようにも感じられて、触れられる度、僕の心臓は破裂しそうなほどに跳ね上がっているけれど、実際にそういった行為に及んだことはない。

鎖錠さんが僕に触れた時に浮かべる表情が安心しているように見えて、男女のあれこれとは無縁だったからかもしれない。

もしも、鎖錠さんが求めてきていたら……なんて、無意味な妄想をしたこともあるけれど。

多分、人肌の温もりを求めているだけなんだろうなぁ、って。安心して、身体の力が抜けた彼女を肌で直接感じていると、そう思う。

僕は赤ちゃんが握って離さない安心タオルみたいなもので。

恋とか、愛とか、性欲とか。

そういった感情がないのはわかっているけれど。

この時ばかりは、自分が女に生まれなかったのを恨めしく思った。だって、女の子同士ならこの程度の触れ合いは他愛ないじゃれ合いで、それ以上の意味なんて求めようとしないだろうから。

はぁ、と。やるせなさと一緒に、熱くなった吐息が零れた。

「……なに？　ため息なんてついて」

「しあわせだなーって」

「……」

なぜか僕の手を握る鎖錠さんの手の力が強くなった。ねぇ、ちょっと？　痛いんだけど？

ただなぁ、とも思う。

こうして懐いてくれるのは嬉しいとはいえ、あくまでも物理的な距離が縮まっただけで。

僕は彼女についてほとんどなにも知らなかった。

なんとなく、母親との折り合いが悪いのかなぁ、と肌で感じてはいる。けど、その程度。

表面的な部分をなぞるばかりで、核心部分には至らない。

だからといって、鎖錠さんの事情に踏み込みたいかと言えば、そんなこともなく。

嫌なことには耳を閉ざして、ぬるま湯に浸かるような心地好さと言えばいいのか。

そんな曖昧《あいまい》な関係が心地好かった。あえて、それを壊したいとは思わない。

現在主義ではないが、彼女の過去、未来なんて関係なく、今ここに鎖錠さんと一緒に居る。それだけで良かったし、なんとはなしにこの関係がずっと続けばいいなーと思うようになっていた。

お互いの事情を考慮しない。変化のない、閉ざされた世界での幸せ。

それは間違っていると指摘する人もいるだろうけど。

人間の行動範囲なんて結局限界があって、一人ひとりの世界が箱庭のように閉じているとするのなら、閉じた世界で幸福を求めることはなにも間違ってないはずだ。

怠惰な幸せに浸って、曖昧模糊《もこ》な現状を壊さないように。

関係性だってそうだ。

同級生？　友達？　親友？　恋人？　夫婦？　それとも、ただのお隣さん？

僕たちの関係性を正確に表す言葉はないし、誰かの作った枠組みに収めようとは思わない。

有耶無耶《うやむや》のまま、

「ずっと、こんな日が続けばいいよね……」

ふと、口から零れた言葉。返答を求めたわけじゃないけれど、鎖錠さんはなにも言わなかった。代わりに、僕の身体に腕を回してギュッと抱きしめてきた。

浸る。溺《おぼ》れる。嵌《は》まる。

一生続くかと思ったこの時間は、ポケットが震えたことによって途絶えた。プールの水面に浮かんで、たゆたっていたような意識が現実に引き戻される。

ポケットから取り出したマナーモードのスマートフォン。

なんだよもぉ。億劫《おっくう》になりながらも薄く瞼《まぶた》を開いて、幸せな時間を邪魔してくれた相手を確認して——

「げ」

と、心の声がそのまま零れた。

「……誰？」

「っ……あー、いや」

耳元で囁《ささや》くような声に、背筋が一瞬震えた。

甘い、というよりは冷たく淡々とした声だったが、耳の間近で吐息まで感じると、うひゃいっと変な声を上げそうになる。

口を濁すような相手でもない。端的に説明しようとしたけど、早く出ろとブーブー振動して訴えてくるスマホに、しょうがないとふかふか枕から頭を浮かす。

「ごめん、ちょっと電話」

謝罪して、そのままの勢いで立ち上がる。

夏だというのに、鎖錠さんと離れた身体がやけに寒さを感じていた。

「……誰だって訊《き》いてるんだけど？」

不満そうな声。見ると、黒い瞳《ひとみ》を細めて目尻《めじり》を吊《つ》り上《あ》げていた。

「あー」

頭をかく。

同じ部屋で電話をしたら邪魔だろうと、ベランダに繋《つな》がる窓を開けながら、相手との関係性を端的に告げる。

「妹様」

スマホの画面に表示された登録名をそのまま読み上げ、僕は緑の通話ボタンをタッチしてベランダに降り立った。

■■

『アロハー。兄さん元気ー？』

アホ丸出しの、夜とは思えない陽気な声に顔をしかめる。

夏とはいえ夜だからだろうか。ベランダに出ると肌を撫でる風に冷たさを感じた。

透明な窓ガラスを隔てて、なにやら部屋の中から厳しい視線を感じるが、気の所為だろう。そういうことにしておいた。

振り向かないよう意識しつつ、ベランダの壁に手をついてスピーカーから響く癇《かん》に障る声に向けて、しょうがなく応える。

「聞こえてるよ。というか、アロハーってなに？　出張先って、確か北海道だったよな？　どこかからかけてるつもりだよ」

『いいじゃん別にー。北海道だからね。あったかい場所が恋しいのさー。ま、今空調ガンガンにつけてハーゲン食べてるんだけど』

「おい」

あははー、と電話の向こう側からケラケラ笑う声が聞こえてくる。

相変わらず、兄を兄とすら思っていないふざけた態度だ。イライラして、なんだかこめかみが痛くなってくる。

半年以上顔を合わせていないけど、ずっと一緒に暮らしているかのような距離感だ。旅行先から電話してきた、そんなノリ。

生まれて十数年。同じ屋根の下で過ごしていれば、たかだか半年程度じゃあ変わりようもないということか。中学でよく喋《しゃべ》っていた友人と疎遠になるには、十分すぎる時間なんだけどな。

夜風に身体が震える。あまり長話はしたくなかった。電話相手、そしてガラスの向こう側で待つ不機嫌なお姫様のためという意味でも。

「それで、なんの用？」

『うっわなにその冷たい反応。久々の兄妹《きょうだい》の会話だぞー？　もう少し妹ちゃんを可愛がれよー』

「はいはい可愛い可愛い」

『うはは！　めっちゃ適当』

雑に扱ってるのに、なんだかウケた。なんでもいいんだなと、適当な妹に呆《あき》れる。

早く用件を聞き出して切ってしまいたかった。

けれど、あー、と。あることを思い出して正面を向いたまま、考えるように上を見る。

真っ暗な夜空。そういえば、妹に言わなきゃいけないことがあった。

うわめんどー。そう思いつつも、許可を貰《もら》わないわけにもいかず、しょうがなくこっちから話を振る。

「……あーと、だな。僕からも話すことがありまして」

『え、なになに？　お年玉くれるの？　やったね諭吉！』

「なんでだよ」

脈絡なさすぎて意味がわからん。自然に金額まで指定するな。

『お金はいくらあってもいいものです。買いたい物はそれこそ星の数ほど……ね？　お兄ちゃん？』

「きしょい」

猫なで声に、うえぇーっと怖気がする。

「実の兄にそんな甘えが効くと思うな？」

『だよねー。知ってた』

こいつと話していると、話がどんどんあらぬ方向にズレていく。

中身のないアホな会話も無限に広げられるというか、こういうのも兄妹だからだろうか。

ただ、と。

場合によってはお小遣いを上げてご機嫌を取る必要があるなーとは思う。

これから話すことって、それぐらいしなくちゃ許してくれないかもしれないし。

なので、相手の反応を窺うようにしながら、慎重に声を出す。

「そうじゃなくて……その、あれだ」

『はいはい？』

「………………。今、ちょっと部屋借りてる」

そう口にした瞬間、ピタリと会話が止まる。

なにやらひんやりとした気配。やっぱりまずかったかな？

不安に駆られつつ、妹の返事を待つ。

一瞬、電波が悪くなったようにスピーカーからガサついた音が聞こえたあと、妹が至って真剣な声で訊いてきた。

『……なに？　妹の下着に興味あるの？　兄としては真っ当かもしれないけど、人としてはアウトだから止めなよ？』

「興味ねーししてもねーよ⁉」

そもそも兄として普通みたいに言うな。それは真っ当にヤバい兄だ。血縁を切ってしまえ。

『じゃあ、なんで？』

そう訊かれると、言葉に詰まってしまう。

バツが悪くなり、顔も見られていないのに視線を泳がせてしまう。だけど、言わないわけにもいかず、怒られるのを承知で告白する。

「お前の部屋に、……と、もだち？　を泊めてて」

友達。咄嗟《とっさ》に口をついた言葉が少し、引っかかった。

しばらく無音が続く。

『男だったら殺す』

殺意だった。

耳に包丁を突きつけられたような恐ろしさがあった。

「女の子です」

思わず敬語になる。怖かった。

夜風の寒さとは違う、震えて冷たくなった心から冷気が身体中に伝播していくようだ。

『そ』

と、僕の返答に発露した殺気を霧散させて、軽い調子で言う。許された。そのことに、酷く安堵《あんど》している自分がいた。

背筋の線が真っ直ぐに濡《ぬ》れる。風が吹くたび、身震いするような寒さを感じた。

これ。本当に男だったらどうなってたんだ……。

考え、首を振る。止めておこう。碌《ろく》な結果にならないことだけは確かなのだから。

『ま。女っ気のなかった兄さんに、女の子を家に連れ込む度胸ができただけ良しとしとくよ』

「なに目線だお前」

『兄さんは私が育てた』とケラケラ笑ってふざけたことを言い出す。

「だから性格がこんなにひねくれちゃったんだな、僕は」と悪ノリすれば『私のおかげだ感謝しなさい』と冗談なのに得意げだ。

鎖錠さんと違ってうっすい胸を張っている姿が想像できた。ぺったんこめ。

『んじゃねー』

「待て待て待て待て」

そのまま電話を切られそうになって慌てて止める。

なにしに電話かけてきたんだよお前。まさか、兄が女の子とエロいことしていないか気になっただけとか言い出さないよな？

『ん？』

と、疑問の声を上げて、続けて『あー』と思い出したのか、間延びした声を出した。

『ごめんごめん。兄さんの性事情を訊いたら満足して忘れてたわ』

「お前に性事情を話したことはないっ」

なんで実の妹相手に赤裸々にそんなもん語らなくちゃいけないんだ。

それこそヤバい奴じゃないか。

なのに、『え？』と虚を衝かれたような声を上げて驚いていた。

おい、なんだその反応。まさか……。

『私、兄さんの使ってるエロサイトのアカウントログインしてるよ？』

「──────。で、用件ってなによ？　寒くなってきたから早くしてね？」

いや、ほんと寒い。なんでか悪寒が止まらない。風邪かも。

理由は不明だが、パスワードを変更しようと思った。即座に。そもそもとしてぼかぁ未成年なのでエロサイトのアカウントなんて持ってないし、同会社の健全なほうしか使ってないのでまったくもって無関係なんだけども！

『問一、病み系黒髪巨乳が多かった理由を述べよ』

「うるさい黙れ着信拒否するぞほんとこれ以上は口を閉じてくださいお願いしますなんでもしますからぁっ！！！！！！？」

夜とか、ご近所迷惑とかもはや知らなかった。このままベランダの壁を飛び越えて、何物にも縛られない世界に旅立ちたい。『問二、妹物がない理由を――』「もう黙ってお願い」

僕の心はズタボロで、ボロ雑巾《ぞうきん》よりも酷い有様だ。

これっっっっぽっちも僕とは関わりのない話をされているのに、どうしてこんなにも自己投影して泣きそうになっているんだろうか。ほんと、関係ないけどさ……いやどうして知ってるんだよアカウントぉおおおっ。

「で、なんだよ用件って。早く言えよー」

『やさぐれちゃった。おもろ』

最低だこの妹。

壁の上でへばって、うなだれるようにしていると、『まー兄さんも知ってる話だけどさー』と前置きして。

『夏休みに入ったし、そろそろ引っ越しの準備してる？　って確認』

……………………あ。

時が止まった。いや。呼吸が止まっただけかもしれない。

突然、家のベランダから山のてっぺんに移動したような、空気の薄さを感じた。急激な気圧の変化に、心臓がお菓子の袋のようにパンパンに膨れて爆発しそうな、そんな錯覚を抱く。

その後、妹となにを話したか記憶にない。

ただ、適当に相槌《あいづち》を打って電話を切った。そのままリビングに戻って、どうしてか心配してくる鎖錠さんに大丈夫と笑って、そのまま部屋に帰る。

ベッドに倒れ込んで沈む。堕ちる。今日だけは、なにも考えたくなかった。

■

昨夜、妹から電話があってからというもの、結局一睡もできなかった。

頭の中にあるのは、引っ越しの話。

妹に悪気がないのはわかっている。夏休みに引っ越すというのを忘れていた僕が悪いのも。

「けど、今聞きたくなかったなー」

本当に。聞きたくなかった。

太陽も昇り切っていない薄暗いベランダで、僕はアウトドア用の椅子に座ってぼーっとしていた。ただ、頭空っぽというわけじゃなく、むしろ頭の中はごちゃごちゃで、色々考えすぎてしまっている。

鎖錠さんと出会う前だったら、こんなに悩む必要はなかった。

面倒だけど、引っ越すんだなーぐらいにしか考えていなかったから。

けど、彼女と一緒に過ごすようになって、選択肢が増えた。こっちに一人残るという選択肢が。

天秤《てんびん》が傾く。比重が増す。けれども、選択を決められるほどのものじゃない。

だから悩む。決定打がないから。

「多分……残るのは認められる」

母さんは不安そうだったけれど、ちゃんと伝えれば理解してくれるだろう。幸い、マンションは持ち家だから、家賃を余計に払うということもない。

だから、残ることに問題はないのだけれど。

鎖錠さんが乗る天秤皿の逆側には、家族が乗っている。どちらに傾くことなく、不安定にゆらゆら動き続けていた。

僕は高校一年。もし、こっちに……鎖錠さんと一緒に居ることを決めたら、家族と会う機会は激減するだろう。もしかしたら、一緒に暮らすことはもうないかもしれない。

高校を卒業して、大学に入学。もしかしたら、大学に通うために、こんな疑似的なモノではなく、本当に家を出て一人暮らしをするかもしれない。

これまで、当たり前過ぎて考えてこなかったけれど、家族と一緒に暮らす年数というのは、思いの外少ないことに今になって気が付いた。

そして今、家族の下で暮らさない道を選べば、その年数がゼロに近付くことも。

「あー……あたまいたい」

背もたれに寄りかかる。日はまだ昇らない。

首を後ろに倒して天井を見ても、答えは書かれていなかった。白い壁面が薄汚れているだけだ。

だけどなぁ、とも思うのだ。

未練がある。鎖錠さんを一人残していくのに心配がある。なにより、彼女と一緒に過ごすのは、これまでの人生で一番楽だったから。

別段、毎日なにかを話すようなことはなかったけれど、黙っていてもお互い苦にならなかった。けれど、一緒にいるとなんとなく心地好い。一緒にいるだけで良かった。

僕は高校生男子の中では普通だと思う。勉強も、友達付き合いも。平均から大きく離れない。

学校に友達はいる。バカみたいな話をして、悪ふざけをする相手が。けど、それはどこか上っ面で、高校を卒業するどころか、クラスが変わっただけで関係が途絶えてしまうような、薄い繋《つな》がりでしかない。

そもそも、求めていないから。誰かとの深い関係を。

適当に愛想笑いを浮かべて、くだらない会話に適当に乗っかって。

その場だけを凌《しの》いで、疲れて、すり減らして、また笑っての繰り返し。

一人でいるのが好きで、新しいことなんてない、何度も何度も繰り返して遊んだレトロゲームで弱った心を回復させる。面白いとわかっているモノにしか興味を示せなかった。失敗するのは恐ろしい。

人間関係なんてモノはその最たるもので、常に地雷の上を歩いているような気になる。

だからだろうか。なにもしなくても、一緒にいてくれる鎖錠さんに安心を覚えてしまうのは。懐かれたなんて思っていたが、本当に懐いていたのはどっちだったのか。ちょっと笑ってしまう。

それに、離れたら離れたで、残していく鎖錠さんが心配であることに変わりはない。

「……なんにも解決してないんだもんなぁ」

あの雨の日から、なにも。

玄関の前でずぶ濡れのまま、膝《ひざ》を抱えていた鎖錠さん。笑顔こそ見せるようになったけれど、その本質はなにも変わってはいない。

わかってる。うちに泊まり込んでまで遊びに来ていたのは、一種の逃避だ。現実から目を逸らして、見なかったことにして。僕の家は逃げ場所でしかなかった。

僕もそれを理解していながら、鎖錠さんがいいならと是としたし、お互い家庭の事情に深く踏み込むことはしなかった。

相手を想ってというのもある。けれど、本当は心地好いこの関係性を壊したくなかっただけだった。退廃的で、怠惰に。ずっとこんな日が続けばいいと願うように。

けれど、永遠なんてものはない。そして、いつまでも停滞していられるわけもなく、なにかのキッカケで動き出せば、再び現実と直面するしかなくなる。

僕は鎖錠さんの家庭事情を知らない。知ろうとしなかった。だから、僕が引っ越した結果、逃げ場所をなくした彼女がどうなるのか、想像することもできない。

もしかしたら。二度と会えなくなってしまうんじゃないかと。そう思ってしまうことがある。儚《はかな》く消えてしまいそうな鎖錠さんを、否定することができない。

「無理、ムリ、むりぃ」

頭をかく。決められない。

椅子から立ち上がる。眠気はなかったけれど、とりあえずベッドで転がりたかった。頭を空っぽにしたい。

「こんな調子で鎖錠さんに説明するのもなぁ……」

「私がなに？」

予期せぬ声にうひっと変な声が出た。顔を上げると、リビングに繋がる窓を開けて、一段高いところから鎖錠さんが僕を見下ろしていた。

「お、起きてたの」

「朝ご飯の用意したいから」

「ご、ご苦労さまです」

とりあえず頭を下げる。……沈黙が痛い。

逃げ出したくなったけれど、リビングに続く道は鎖錠さんが塞《ふさ》いでいて……なんだかいつも逃げ道を彼女に塞がれている気がする。

「それで、私がなに？」

追及までされてしまう。誤魔化すこともできそうになかった。

もう少し僕の考えがまとまってから、ちゃんとした場面で言いたかったんだけど。自分のタイミングの悪さにほとほと嫌気がさす。

それでも、断固として言わないという姿勢を示せば、鎖錠さんは渋々引き下がってくれると思う。思うけど……今更隠し立てする意味もない、か。

肩を落とす。首の後ろを撫《な》でながら、僕は事情を説明することにした。

父親の出張で家族が別の場所で暮らしていること。

今の一人暮らしは夏休みまでの期間限定であったこと。

元々引っ越す予定だったけど、今は残るかどうか悩んでいること。

自分でも戸惑っているのがわかるぐらいで、理路整然と説明できたかはわからない。ただ、伝えるべき情報は全て伝えられたと思う。

説明をしている間、鎖錠さんは終始無言で、なにを思っているのか、その表情からは読み取ることができなかった。

僕が話し終えると、彼女は「そう……」とだけ口にした。

動揺した様子はない。そんなものかと思う半面、もう少しなにかこう、あってもよかったんじゃないかと小さな不満を抱いてしまう。

けれど、それも僕の我儘《わがまま》なんだよなぁ、と内心気を付ける。

ただ、一切変化がなかったというわけでもなかった。

「……」

「……」

朝食。テレビも付けずに囲む食卓はどうにもぎこちなかった。

僕が勝手に気まずく思っているだけかもしれないけれど、居た堪れない空気に食べ物の通りも悪い。なんだか声をかけるのも躊躇《ためら》われてしまう。

「……あー、えっと、鎖錠さん？」

「……なに？」

「へ？　あ、いや……ごめん」

理由もなく謝ってしまう。なんだか、話したこともない他人と一緒にいるような気分だ。

いつもはたとえ一言も話さなくても、こんな空気にはならなかったのに。

この重苦しい空気は朝だけに留まらず、昼、夜と尾を引いた。

なにより、お風呂《ふろ》に入った後。

最近は僕を捕まえてぬいぐるみのように抱きしめるのが定番になっていたのに、それをしなかった。まさか僕から『なんで抱きしめないの？』なんて訊《き》くわけにもいかず、引っ越しの件と合わさって胸の内にモヤモヤしたものが堆積《たいせき》していく。

嫌われたのか。それとも、引っ越しのことを気にしているだけなのか。

なんにせよ。

キッカケは僕とはいえ、突然離れた距離を寂しく思い、猫が構ってくれと鳴くようにため息を零すしかなかった。

■

引っ越しのことを告げてからというもの、鎖錠さんとの間には気まずい雰囲気が流れていた。

元々、家に一緒に居たところで多く話すような関係ではなかったけれど、口数がめっきり減っている。

「……」

「……」

無言の時間は長く。

虚しく流れるテレビの音だけが、やけに騒がしく部屋の中に響いていた。

重苦しい雰囲気を嫌ったところで、僕自身根源の問題に解答を出せていないのに、なんて言えばいいのかわからなかった。

なんでもいいからと口を開けば、『なに……？』と氷柱《つらら》のように冷たく、鋭い言葉が胸に刺さる。

怒っているとかそういうことではない……と思う。多分。

けれども、突き放すような言葉になにも言えなくなってしまい、両手を小さく上げて目を泳がせた後、『なんでもないです』と風船のように勇気が萎《しぼ》んでしまう。

やるせなさに、一人ため息をつく。

そうして、進展のないまま時計の針ばかりが進み、気付けば八月に突入していた。

刻々とタイムリミットが迫る中、部屋の中は気まずさばかりが増していく。

鎖錠さんと一緒に居る。

なにも話さなくとも、緩やかに、心地好い空気が流れていたのに。

今は息苦しく、身体が重い。

家に居ても落ち着かず、極力視界に映らないようにしているのに、意識だけは鎖錠さんに注がれている。

それは、鎖錠さんも同じだったようで。

というか、表情こそ変わらずフラットなのだけれど。ここ数日、ある意味において僕以上にその変化はわかりやすかった。

『あ……』

と、気の抜けたような声と共に皿の割れる音を響かせたり。

座椅子の上で膝を抱えていると思えば、突然猫のように顔を上げて慌てて洗面所に駆け込むと、虚しく洗濯機が回り始める。そういえば、朝、洗濯機を回してから干していなかったなと気付く。

他にもコンロの火をつけっぱなしだったり、お風呂の栓を抜いたまま沸かしていたり。

しっかり者な鎖錠さんにしては珍しい失敗が多く見られた。

『ごめん……』と、二の腕を撫で、俯《うつむ》く姿は異様に小さく見えた。身長差はほとんどないはずなのに、親に怒られる子供のようだ。けれども、僕は親ではないので、落ち込む鎖錠さんを叱れるはずもなく、『あー……気にしないでいいから』と気休めにもならない台詞《せりふ》を言うことしかできない。

そんな言葉で、本当に気にしないわけもないのはわかっているのに。

「……いってくるから」

玄関でいつもの黒いパーカーに身を包んだ鎖錠さんを「いってらっしゃい」と見送る。

時刻は三時を過ぎた頃。

夏のその時間帯はまだまだ外は明るく、太陽は燦々《さんさん》としているが、本来買い物へ行くという彼女を見送る理由はない。

なので、一緒に行くと提案をしてみたのだが、『大丈夫』と断られてしまい、『そ、そう』とやや傷付いた。

鎖錠さんが出かけていくのを見届け、傷心を抱えてリビングに戻ってポスンッと座椅子に落ちる。

遂に買い物すら付き合わせてくれなくなったと、身体を折りたたむ勢いで項垂れてしまう。

「なんだか、同棲《どうせい》したカップルが別れる前みたい……」

なんて、口にしてみると妙に生々しくって。

そういうのじゃない。そういうのじゃないけど。

うがぁ、とうめき声を上げながら海老《えび》のように上半身を伸ばしていく。

悶々《もんもん》と。

夏の湿度で蒸されるように、うだうだとする。

なにをしようにも手に付かず、座ったり立ったりのたうち回ったりと、見ている人がいればイライラしそうな行動ばかりとってしまう。

そうこうしているうちに、時計の短針がぐるりと二周。

「遅いな……」

窓から外を見れば、夏で日が長いというのに真っ黒な雲に覆われて薄暗くなっていた。

一雨降るかもしれない。

そう思ったからだろうか。

ポツンポツンとゆっくりと駆け出すように。

見ている間に地面を叩《たた》く雨音が重なり、涼やかな背景音楽が流れ出す。

合わせて、そわそわと。

むずかるように身体が揺れ動く。

「鎖錠さん、大丈夫かなぁ」

遅い帰りに、雨まで降り出し、心配はピークに達する。

いつしか座ってもいられず、迎えに行くべきだろうかとリビングから玄関に繋《つな》がる廊下を行ったり来たり。

「いや……行く」

行こう。そうしよう。

決意にかかった時間は十分。優柔不断なのは百も承知だが、これ以上は心配で耐えきれない。

玄関でスニーカーをサンダルのように履き、戸棚からビニール傘を二本引《ひ》っ掴《つか》む。

そのまま飛び出そうとすると、鍵《かぎ》が勝手に回ってびくっと肩を跳ねさせる。

固まっていると、玄関扉が躊躇うように開き、しとしとと濡《ぬ》れた鎖錠さんが扉の陰から入ってきた。

「……っ」

僕が居るとは思わなかったのか、雫《しずく》の乗ったまつ毛を僅《わず》かに持ち上げるように目を見開いた。

けれども、僕が腕にかけたビニール傘に視線を移すと、事情を察したのか「心配、してくれたんだ」と掠《かす》れた声で呟《つぶや》いた。

「あ、や」

まさかの遭遇に意味のある声が出ない。

心配していたと素直に返せばいいのだろうけど、それはなんだか恥ずかしくって「あー」とか「うー」とか間延びしたうめき声しか喉《のど》から上ってこない。

「リヒト――」

「タ、タオル持ってくる」

なにかを言いかけた鎖錠さんの言葉を遮るようにして、逃げるように背を向ける。

一旦《いったん》冷静にならないと。

額を撫《な》でようとして、傘の柄が腕にかかったままなのに気が付く。

締まらないなぁ。肩を落として、傘を置きにUターンすると、

「にゃー」

「……？　にゃー？」

猫の鳴き声に似た音が聞こえて、振り返った姿勢のまま止まる。

まさか、鎖錠さんが猫の鳴き真似を？　と、顔を上げると、視線の意味を察してかゆるゆると首を左右に振る。

代わりに視線を胸元へと落とす。

追いかけると、腕には買い物袋がかかっている。

それだけかと思ったが、そういえば、なにかを抱えるように腕を組んでいるなと思う。

黒いパーカーを押し上げる大きな胸を下から支えるには、やや位置が高く。

じっと注視すると、金色の瞳《ひとみ》とぶつかって目を丸くする。

そして、今度は明確に。

小さな口を開けて「んなぁ」と鳴いたのを見て、鎖錠さんの胸の上に乗るようにして黒い猫が居ることに気が付いた。

羨ま……ではなく。

「猫？」

呟くと、バツが悪そうに顔を背ける鎖錠さん。その拍子に、しっとりと濡れた髪から雫が舞い散る。

「……そう」と控えめに肯定し「公園のベンチの下で、見つけて……」としどろもどろに説明してくれる。

言葉は足りないが、雨が降ってきて可哀想だから連れてきたというところで納得しておく。

ただ、公園という単語に顔をしかめてしまう。

帰るのが遅かったのはそのせいか。

寂寥《せきりょう》が隙間風のように胸を通り過ぎる。が、今は指摘したところで始まらない。

「雨が止むまででも、いい……？」

恐る恐るという表現が似合う伺いに、子供が親にねだるそれだなと思う。

もう少し信頼してほしいんだけど。

言おうとして、口を閉じる。引っ越しの件で不安にさせているのに、信頼しろというのも傲慢《ごうまん》か、と。

「まぁ、うちのマンションはペット禁止じゃないから、一日ぐらい」

やや迂遠《うえん》に彼女のお願いを了承する。

安心したのか、かすかに目尻《めじり》が下がったように見えた。本当に感情が顔に出にくいよなと思いつつ、贅沢《ぜいたく》にも極上のクッションでくつろぐ黒猫の顎《あご》を撫でる。

人馴《ひとな》れしているのか、嫌がる様子は見せず心地よさそうに目を細めた。

そのまま指を伸ばし、紺色の首輪に下げられている銀色に光るタグを確認する。裏面には名前であろう『ロコ』というカタカナと、電話番号らしき数字が彫られていた。

「とりあえず、飼い主さんに確認かな」

チリンッと鈴が鳴る。

「――はい。いえ、大丈夫ですので。それではお預かりさせていただきます」

スマホを耳から離して、赤い通話終了ボタンを押す。

タグに彫られていた電話番号にかけると『優しそうなおばあさん』というのが容易に想像できるしわがれて、おっとりとした声に迎えられた。

なにやら余裕のない声音にピンッとくる。『ロコ』という黒猫を保護したと伝えると、安堵《あんど》と心苦しさを綯《な》い交《ま》ぜにしたような吐息がスピーカー越しに耳を打った。

服衣《ふくい》という黒猫の飼い主は何度も謝ってきて、こちらのほうが恐縮してしまうほどだ。

「……どうだった？」

「んー。こんな天気だし、明日《あした》まで預かっていただけたら助かりますって」

自分で拾ってきたからか、電話中も座椅子でそわそわしていた鎖錠さんに説明しながら、窓の外に目を向ける。

夏らしい天気というか。

昼間の天気が嘘のように外は土砂降りになっている。窓は風で震え、まだ遠いが雷鳴も聞こえてくる。こんな天気では引き取りに来るのも難しいだろう。こちらから提案して、更に恐縮させてしまったが、状況が状況なのでしょうがない。

「ロコ」

呼ぶと、顔を上げて足元に寄ってくる。

ほんとに人懐っこい。

しゃがんで、ちょんちょんと頭を撫でる。

「一日とはいえ、どうしたものかねぇ」

猫どころか、動物すら飼ったことがない。

猫みたいに気まぐれで、自由奔放な妹は居たが、流石にそれは経験にもならないか。

「鎖錠さんは動物、飼ったことある？」

訊《き》くと、一瞬固まり、ふるふると左右に首を振る。

まぁ、そうだろうなと思っていたので落胆はないが、どうしたものかという問題は残ったまま。

明日までほっといていいわけもない。

なにをするべきか悩んでいると、ロコが僕の手から離れて鎖錠さんの膝《ひざ》に飛び乗る。

「……」

見つめ合う。

服と毛並み。真っ黒な者同士惹《ひ》かれ合うものでもあるのかなっと思って見ていると、くしゅんとくしゃみをする。

鎖錠さんが顔を伏せる。彼女に倣ってか、ロコも真似るように顔を俯《うつむ》かせた。

はてさて。どっちのくしゃみだったのか。

「とりあえず、風呂《ふろ》かな」

風邪を引く前に身体を温めようという提案に、彼女たちは俯くばかり。

別に恥ずかしがることもないだろうに。可愛かったけど。


ついで、ということで鎖錠さんと黒猫のロコが一緒にお風呂に入っている間、猫の飼い方について軽くスマホで調べる。

飼うわけではないが、大事な家族を預かるわけで。

気をつけることぐらいは知っておくべきだろう。

『猫　飼い方』など、それっぽい単語で調べてみるが、数が多すぎて困る。

猫を迎える方法なんてのもあるが、そんな初手の初手を示されたところで意味はない。

座椅子の背もたれに身体を預けてむぅっと唸《うな》る。

「電話の時に訊いておけばよかったな」

謝罪と恐縮の応酬を思い出し、そんな隙間なかったかと思い直す。

悔やみつつも、そこはなんでも教えてくれるネットだ。適当に検索結果を調べていったら知りたいことに行き着く。

「んーと。猫はお風呂《ふろ》が嫌いな子が多い」

……ほほぅ？

つまりどうなる？　と想像を巡らそうとしたところで、風呂場からドタバタと物音が響いてくる。微かな悲鳴と鳴き声も。

『暴れないでっ……』

普段はローテンションの鎖錠さんには珍しく、慌てた声が聞こえてくる。たったっと軽やかに駆けるような音まで響いてきた。

「うわぁ」

と、風呂場のしっちゃかめっちゃかな様相を想像してげんなりする。

振り返ると、黒いなにかが脱衣所の引き戸の隙間から出てきてぴゅーっと視界を駆け抜けていく。そのままズボッとカーテンの裏に隠れてしまう。

よっぽど嫌だったんだなぁ。そう思っていると、

「待ちなさい……！」

と、鎖錠さんが追いかけてきたようだ。

ロコが隠れたカーテンから、声に釣られて顔の向きを変えると言葉を失う。

ぽた、ぽたとお湯の雫《しずく》を廊下に落とし、脱衣所から飛び出してきた鎖錠さん。

ただし、一糸まとわぬ姿で、はっそりとした、けれどもある部分においてはふっくらとした裸体を晒《さら》していた。

『――』

目が合う。時が止まる。

互いに言葉はなく、彼女の身体から滴り落ちる水の音だけが部屋の中に響いていた。

突然の事態に僕の頭の中は真っ白で。

けれども、視界はしっかりと機能していて。

温められ、しっとりと火照った肌も。頬に張り付き、艶《なま》めかしく映る髪も。

なにより、日常ではまず目にすることのない胸の――

「――っ」

バタンッと。

表情一つ変えず冷静に、けれども加減もなにもない力強さで脱衣所の引き戸を閉められる。

その轟音《ごうおん》によって視界情報は強制的に中断。どこまで鮮明に記憶できたかについては、まぁ、言わぬが花というものだろう。

危機は去ったと察したのか、いつの間にかカーテンの裏から出てきたロコが「にゃあ」と一鳴きしながら悪びれもせず膝に飛び乗ってくる。

もちろん、風呂の途中で抜け出してきたためその身体は濡《ぬ》れており、僕の膝に水分がじわっと浸透していく。

見上げてくる金色の瞳に悪気はなく。

「……とりあえず、乾かすか」

叱る気もせず、表現しようのない感情を込めてポンッとまだ温かい背中を叩《たた》いた。

お風呂から出た鎖錠さんは、頭からタオルをかけて、濡れた髪のまま定位置の座椅子へとすとんと収まった。

なにも言わず、膝を抱える。タオルに隠れて表情は窺えない。

朝とは違う理由で気まずい空気が僕と鎖錠さんの間を流れていて声をかけづらかった。

どっちの方がマシというものではなく、どちらも異なるベクトルで地獄である。

「んなぁ」

僕の膝で丸くなるロコ。

警戒心がないというか、人肌が恋しいのだろうか。

それはまた。見た目も相まってどこかの誰かにそっくりだなぁと思いつつ、重たい空気を誤魔化そうと毛並みの良い身体を撫《な》でる。

「ふわふわ」

実のところ、猫に触れるのは初めてだったりする。

野良猫を見かけることはあるが、近付こうとすると逃げてしまう。身近な動物だけれども遠い存在。

アイドルみたいなやつだなと思って撫でていると、すんすんっと指先に鼻を押し付けてきて頰が緩む。

「かぁぃぃ」

一般的に、見知らぬ場所、見知らぬ人間がいればどんな猫も警戒するものだと思うのだが、この子にその兆候は見られない。

人に飼われた猫っていうのはこうも野生味が抜けるものなのかなぁとも思うが真相はわ

からない。

けど、ぐるぐると喉《のど》を鳴らしながら、すりすりと身体を押し付けてこられると世間の猫事情なんてどうでもよくなってくる。

「猫飼いたくなるなぁ」

「んなぁ」

よしよししていると、横合いから手が伸びてきて目を丸くする。

そのままひょいっとロコを抱きかかえられてしまう。

見れば、軽く膝を折り曲げた鎖錠さんが、胸の上に乗せるように抱いていた。

乗るのか、そこに。

ロコを盗られたことよりも、その事実に驚いてしまう。

さぞ、心地好いのだろうと思っていたが、お気に召さなかったのかなんなのか。うなぎのようにスルッと鎖錠さんの手から抜け出すと、とてとてと僕の下へと戻ってきた。

ごろごろと喉を鳴らして……かわいい。

「なに？　懐いてくれたのかな？」

「……可愛くない」

ムスッと拗《す》ねるように抱えた膝の中に顔を隠してしまう。

「羨《うらや》ましい？」

ちょっとした優越感。

「……そういうんじゃない」

硬い声。意地を張ってるのかな。

そんな頑なな態度が幼く見えて、微笑ましくなっていると、僕のお腹が音で空腹を知らせる。

そういえば、猫を拾ってからドタバタしていて、なにも食べていなかった。

にわか雨だったのか、あれだけ音を立てて降っていた雨は止んでいた。黒い雨雲に変わって、天幕を覆っているのは夜の帳。

日なんてとっくのとうに沈んでおり、そりゃお腹も空く。

頭からタオルを滑り落とした鎖錠さんが、ちらりと時計を見て立ち上がろうとする。

「夕飯、準備する」

「あぁ、うん。お願い」

頼むと、鎖錠さんがピタリと中腰で止まる。

その姿勢だと、緩んだシャツの胸元から中身が見えそうで困るのだけど。

生々しい艶めいた記憶。

先ほどの二の舞にならないよう、おずおずと視線を外していると鎖錠さんが尋ねてくる。

「その子、なに食べさせればいいの？」

「……猫缶？」

口にしてみるが、当然猫を飼っていない僕の家にそんな物を常備しているわけもなく——

——

「まぁ、こうなるよね」

と、近所のコンビニに一人寂しく買い出しに行くこととなった。

客どころか、レジ中に店員すらいない店内。

裏にいるのかなと思いつつ、結局飼い主さんに連絡して訊《き》いた餌を棚から探す。

「どれだー」

猫の餌なんて普段買わないからわからない。目が滑る。

目を細め、一つひとつ餌の名前を注視していると、ふと今になって先ほどの鎖錠さんの反応、その理由に思い至る。

「……拗ねてたのは猫が懐かないからじゃなくって、僕が猫に構いすぎていたから？」

口にしてみて、どうだろうと吟味する。

そう考えると、いきなり黒猫を抱いて盗っていったのもわかるわけで。

もしそうなら、

「少し、嬉《うれ》しいかな……あ、あった」

目当てのキャットフードを掴《つか》み、棚から抜き取る。

■■

「ただいまー」

家に帰ってきて声をかけるが、返事はない。

ついにお帰りの返事すらしてくれなくなったと悲しくなったが、キッチンの方からにゃーにゃーと猫の鳴き声が聞こえてきて溢《あふ》れかけた涙が引っ込む。

「ふむ」

顎《あご》を撫で、足音を忍ばせて廊下を歩く。

リビングに通じる扉をそっと開けて、そろそろとキッチンを覗《のぞ》き込む。

「にゃぁ」

と、鳴いている一匹はロコ。

「……にゃー」

そして、小皿に水を入れてロコに与えているもう一匹の猫……もとい鎖錠さんが、エプロン姿でしゃがみながら猫とじゃれ合っているところだった。

無表情で。細い指をメトロノームのように揺らし、ぺちんぺちんと猫パンチを受けている。

可愛がっているのか、ただの暇つぶしなのか。

その表情からは窺いしれないけれど、見ている分には微笑ましい。

「……？　……ッ」

ようやく僕に気が付いた鎖錠さんが、顔を上げてびくっと震える。

無言で見つめ合う。

もっと構ってというように、ロコだけが「にゃぁ」と鳴くのがシュールだった。

「……もうすぐできるから。テーブルでも拭《ふ》いて待ってて」

すくっと立ち上がると、何事もなかったかのようにキッチンに立つ。

けれど、その足元では存分に戯れていたロコが、鎖錠さんの足の間に身体を滑り込ませてすり寄っていった。

「仲良くなったんだね」

「…………。別に」

そっけない返事。目すら向けてくれない。

けれども、身体はなにより雄弁で。

時間が経ち、風呂《ふろ》の熱も冷めただろうに横髪の間から見える耳が赤く色づいている。

なにより、ロコを踏まないように慎重な足取りは、足元の小動物を気遣っての行動に他ならない。

「鎖錠さんが盗られちゃいそうだ」

笑うと、「そんなんじゃない」と頬が少し膨らんだ。

翌日。

昼過ぎになって飼い主のおばあさんが、ロコを迎えに来た。

電話口で訊いた声そのままに。

人当たりの良さそうな顔をしたおばあさんは、「ありがとう」と「ごめんなさい」を繰り返す。

買った餌代やお礼としてお金を渡されそうになったが、好きでやったことなのでと丁重にお断りした。

ひたすらに申し訳なさそうだったが、飼い主の気配を感じてか、鈴を鳴らしながら部屋の奥からロコがやってくる。

無事な飼い猫の姿を見るとおばあさんの顔は緩み、目元の皺《しわ》を深くして寄ってくるロコを迎え入れた。

「本当にありがとうございました」

最後まで頭を下げていたおばあさんが、ロコをキャリーバッグに入れて連れて帰る。

去り際、バッグの隙間から金色の瞳《ひとみ》が見て取れて、小さく「ばいばい」と手を振る。

突発的で。予想外な出会い。

たった一日だったのに、愛着は湧くんだなと目元を細めていると、鎖錠さんに「寂しい？」と訊かれる。

「……寂しいけど、家族が一番だからなぁ」

引き留められないと、暗に言う。

正直、飼いたくなるぐらい名残惜しいが、動物を飼うなんて簡単には決められない。それも、引っ越すかもしれない今の状況では尚更だ。

「もし……帰したくなかったら？」

「………そう、だな」

なんと応えるべきか。
悩み、考える。
胸の中でわだかまるそれの答えを、僕は未だに出せていない。
「本人の気持ち次第なんじゃないかな」
ついて出た言葉は、無難なものでしかなかった。
「そう……」
と、なんでもないように鎖錠さんは呟《つぶや》く。
そのまま彼女は玄関を出て、壁に突っ伏すように腕を組んで顔を預けた。
そこから下を覗いて、おばあさんとロコが見えているのかはわからないけれど。
最後までお別れは口にしなかったなと。
少し寂しげな背中を見て思う。

■■

予期せず鎖錠さんが拾ってきた黒猫。

不吉な象徴としてのイメージが強いけれど、どうやら僕にとっては幸運を招いてくれたらしい。

重さを持ったような気まずい空気は、黒猫と過ごした日から緩和していた。

ぎこちなかった会話も、以前のように穏やかなものに戻り、リビングに一緒にいても背中に冷や汗をかくこともなくなった。

黒猫のロコ様々であるが、全てが元通りになったわけではない。

変わらず朝は起こしてくれず、指先だろうと接触は避けられている。

なにより、鎖錠さんが家を空けることが多くなったのが気にかかる。

訊いても『別に』と変わらずそっけない返事をされるだけ。

ロコがどれだけ幸運を招いたとしても、行動を起こさない限りはなにも解決しないということなのだろう。

「そろそろ引っ越しについて答えを出さないといけないよなぁ……」

コンビニから帰ってきた僕はぼやきながら玄関を開ける。

手に持っているのは、高カロリーなお菓子や炭酸飲料が目一杯入ったコンビニ袋だ。

いつもなら、健康に悪いからと鎖錠さんに取り上げられて、なかなか食べる機会が減ってしまったが、今日も今日とて鎖錠さんはどこかに出かけていた。

心配だと思うと同時に、この隙にと禁制品を持ち込むのは不謹慎だろうか。

けれども、冷戦のように続く鎖錠さんとの戻りきらない関係は僕に予想以上のストレスを与えていて。

ストレス発散は必要だよねと大義名分を掲げて——「おかえり」と出迎えられて、ぶわっと冷たい汗が全身から吹き出した。

「さ、鎖錠さん……帰ってたんだ」

「さっき」

顔を上げると、白いシャツにホットパンツと洒落《しゃれ》た格好をした鎖錠さん。

夏であろうとも肌の露出の少ない服装を選びがちなので、白い足を出していることに驚く。

見られているのを感じたのか、すっと足を後ろに下げる。袖《そで》を捲《まく》って顕わになった細い腕を摑み、落ち着かないように撫《な》で出す。なんだかこっちまで落ち着かない気分にさせられる。

「……コンビニ、行ってたんだ」

「あ、あぁ……うん」

鎖錠さんの視線が落ちて、スナック菓子とか、炭酸飲料とか。

禁制品が詰まったビニール袋に目を留める。

検問に捕まったような緊張を感じて唾《つば》を飲む。怒られるかなとビニール袋を背に隠す。

一瞬、鋭く瞳を細められてドキリとする。

けれど、咎《とが》められることはなく、どういうわけか鎖錠さんのほうが逃げるように目を合わせなくなる。

意外な反応に、僕のほうがキョトンとしてしまう。

「どうかした？」

「いや……」

なんだか反応が鈍い。

ぎこちないというよりも、心ここにあらずといった印象を受ける。

なにかあったのかと思っていると、鎖錠さんが身体を抱くように二の腕を擦り出す。

汗が止まらないぐらい玄関前は暑いのに、まるで寒くてしょうがないというような反応。

片足立ちになって、足を絡め。

ゆらゆらと身体を揺らしながら、鎖錠さんが頰を赤らめる。

そして、不安そうに眉根《まゆね》を寄せて僅《わず》かに身を屈めると、年頃の少女がおねだりをするように上目遣いで見つめてきた。

「……明後日《あさって》、デートをしてくれない？」

袋の中でがさりと音を立ててなにかが崩れた。

side. 鎖錠ヒトリ

女の子。

私にとってそれは未知の存在だ。

性別として私自身、女であるのは確かだけれど、一般的な女子高生とは遠くかけ離れているという自覚がある。

これまでは、それを良しとしてきた。これからも、その認識は変わらないはずだ。

けれど、今だけは。

理想の女の子というモノを知らなければならなかった。

「……わからない」

日向《ひなた》家の隣室。無味乾燥とした本来の私の部屋で、ローテーブルに広げた女性ファッション誌を見て嘆くように零す。

夏の最新大人コーデ。秋を先取り美しく。

どれがいいのかわからず。

無造作に買ったファッション誌を開いては端から端まで読んで、意味もわからずに床に落とす。

そうこうしているうちに、私の周囲を煌《きら》めく最先端の女性たちが囲む。

綺麗《きれい》で、最高の瞬間を切り取った、誰よりも女性らしい女の子たち。

雑誌とはいえ、こうも煌びやかな女性に囲まれると、あまりにも女とはかけ離れた自分に絶望しそうになる。

それは、女性らしい容姿というのもあるけれど。

あらゆるものから縁遠い私にとって性別が同じという以外、別の生き物に見えて仕方がなかった。

「どうしよう」

倒れ込む。

すると、視界の端に部屋備え付けのクローゼットが映り込む。

その中には、女の子らしさ、お洒落さとは程遠い、夜になると周囲に溶け込んでしまうような黒系統の服ばかりが収められている。

普段ならそれでいい。服なんて着られればなんでもよかった。

そもそも、周囲の評価なんて気にも留めないから、拘る理由もない。

そのはずだったけれど——脳裏に浮かぶのはリヒトの顔と、『デートをしてくれない？』という自分の口から出たとは思えない台詞《せりふ》。

早まったかという後悔が雨で濡《ぬ》れるように浸透し、身体を重くする。

幾度立ち止まり、もういいと諦《あきら》めようとしたか。そんなことは、数えるのも馬鹿らしくなるぐらい考えた。

それでも、今回だけはと歯を食い縛る。

歯が欠け、血が滲《にじ》んだとしても。

立ち止まることだけは許されなかった。

「……にゃぁ」

籠《かご》に入れられ、連れ去られてしまった黒猫。

重なる面影は私か、それとも彼か。

喉《のど》に触れる。息が苦しい。

もしも《IF》を想像すると、今にも私の中から空気がなくなって、私という存在がそのまま消えてなくなってしまいそうだ。人の身体のほとんどは水で構成されているというけれど、私は空気なのかもしれないと思う。

満たす物なんてなにもない空っぽ。見てくれだけ人の形をした鎖錠ヒトリというなにか。

「とりあえず、服、買わないと……」

そうだとしても、今だけは空気の外側を着飾る。取り繕う。

これは執着。依存。そういった醜く汚いモノだ。

普通の女の子が異性に抱くような、眩《まぶ》しくて、目を背けたくなるようなモノとは違う。

わかっている。いけないことだって。

けど、私は溺《おぼ》れていて。

息をしたいから。

なにがなんでもそれを手放したくなくって。

だから私は誰でもない理想の女の子になるために立ち上がる。

第4章　ダウナー系美少女とデートをしたら

駅に繋《つな》がる古びたアスファルトの階段の横。

夏休みであってもスーツ姿のサラリーマンが疲れたように階段を上がっていくのを尻目《しりめ》に、僕はスマホを見ては、周囲をキョロキョロとしていた。

鎖錠さんからデートをしないかと言われた二日後。その時の記憶はあまりない。ただ、首が勝手に動いたようで、彼女は『……そう』とそっけないながらも、微かに口角を上げて嬉《うれ》しそうにしていたのだけは覚えている。

それから魂が抜けたようにふらふらと部屋に戻って――デートという単語に頭が焼けそうになった。

でーと？　……デート？

なんでどうしてと頭を抱えてベッドの上でのたうち回る。知らず声にならない雄叫びを上げていた。

ええ……なんで、どうしていきなり。わけわかんない。そもそも、避けられてる感じもしてたのに、なぜ？

一頻り熱に浮かされる頭で考えていたけれど、もちろん意味はなかった。暴れるだけ暴れた後、砂浜に打ち上げられた魚のようにぐったり死んでいた。

「……うぅ、大丈夫かな」

手首を人差し指で叩《たた》く。落ち着かない。初めてのデートで、不安ばかり膨れ上がっていく。

服は昨日の内に買いに行って特急で揃えた。

級友女子からもらったファッション誌をこれ幸いと参考にして、ゆとりのある黒いジャケットにシンプルなスラックス。ネックレスなんて着けたのは初めてで、白いシャツの上で揺れるリングをどうにも持て余してしまう。

あまりにもタイミングの良い級友女子さんからのお助けアイテムだったが、その理由を解明する余力は残されていなかったので割愛。

『準備があるから、先に行ってて』

と、一緒に家を出なかったのもよくなかった。最初は待ち合わせってデートっぽいなとしか考えてなかったけれど、一分一秒がやたら長く感じられて、時間を追うごとに胃をロープで締め付けられていくような感覚に襲われている。胃に汗をかくって、こういうことを言うのかもしれない。

「はぁぁあ……なんか飲み物でも飲んで落ち着こう」

あんまり好きじゃないけど、ブラックコーヒーで死んだ頭を目覚めさせなければと自動販売機に足を向けたところで、「リヒト君」と名前を呼ばれる。

なんの気構えもなく、呼ばれるままに顔を上げて——心臓が止まりかけた。

「鎖錠、さん……?」

戸惑いの声が僕の口から漏れた。じっと彼女を見つめてしまっていると、恥ずかしそうに鎖錠さんと思われる少女が俯《うつむ》いた。

真っ白なワンピースに身を包んだ鎖錠さん。リボンで作られた蝶々《ちょうちょう》が腰のあたりに止まって、夏のそよ風で小さく羽ばたいている。

癖があったはずの髪はストレートになって、服装も相まって明るく楚々《そそ》とした印象を僕に与えてきた。

一瞬、誰だかわからなかったのもしょうがないと思う。

男性的な服装を好むいつもの鎖錠さんとは真逆の格好で、しかもその顔は木陰でひっそりと咲く花のように奥ゆかしい微笑みをたたえていた。

服装から表情まで。それどころか、雰囲気そのものが異なる。正《まさ》しく別人となった鎖錠さんに驚きを隠せない。

「えっと……変、でしょうか？」

「、良く、似合ってはいるけど……」

「そうですか」

両手を合わせて、安心したように顔を明るくする。

でしょうか……って、なに？

おしとやかな女性らしい所作に、丁寧な言葉遣い。どれを取っても鎖錠さんとはかけ離れていて一致しない。息をするのも忘れて呆然《ぼうぜん》としていると、脱力して垂れ下がっていた手を遠慮気味に取られる。

「い、行きましょうか？」

「え、あ……はい」

恥ずかしそうな鎖錠さんに釣られて頬が熱を帯びる。優しく握られた手を意識しながら、呆然と、まるで夏が見せる夢のような少女を目で追いかけ続ける。

■■

水が広がっている。

水を弾く音。勢い良く流れ落ちる音。大きく飛び跳ねる音。

様々な水音が反響し、鼓膜を震わせる。雑然としているのに不快感はなく、むしろ高揚すら覚えるのは場所柄だろうか。

ただ、僅《わず》かな興奮と一緒に、うわぁと臆《おく》してしまうのは僕が陰キャラだからだろうか。

哀楽が綯《な》い交《ま》ぜになったような心地で僕が立っているのはプールサイド。行き先もわからないまま電車に乗って連れてこられた屋内プール施設だった。ちょっと意外。

「こういう人混み嫌いそうなのに」

夏休み真っ最中ということもあり、プール内には多くの人が詰めかけていた。もう少し電車を乗り継いでいくと、野外の大きなアミューズメントプールがあるので芋洗いというほどでもないが、それでも人は多い。家族連れや中高生と思われるグループといった比較的若い年代が多く見受けられる。

人嫌いというほどでもないけど、他人と距離を置いている鎖錠さんとは思えないチョイスだ。最初の女性らしさ全開の格好といい、どうにも今日の彼女は意外性の塊だった。夏ならという理由かもしれないけれど、そういった安直さまで含めて意外だ。そういうのに迎合するタイプじゃないから尚更。

ほんと、今日はどうしたのかなぁ、と思いながら鎖錠さんを待っていると、水音を伴う足音が近付いてきて振り返る。

「お待たせしました……」

駆け足で来たのか、少し息が上がっている。

呼吸を繰り返して上下する大きな胸に、思わず目が吸い寄せられてしまう。慌てて全体を俯瞰《ふかん》するように視界を下げると、たまらず目を見開いてしまった。

「ごめんなさい。更衣室が混んでいたもので」

鎖錠さんの水着は白いビキニにパレオだった。

大胆に肌を露出しながらも、腰にパレオを巻くことで清楚《せいそ》にも見えるから不思議だ。けれど、どれだけ上品さを装ったところで豊かに実る双丘だけは艶《つや》やかで、深い谷間に吸い込まれる水滴があまりにもエロい。そのくせ、足は細くて長いし、腰はくびれていて無駄がない理想的なプロポーションだ。

というか、白って。いつもはカラスかっていうぐらい黒を好んで着ているのに、どうして今日は白なのだろう。水に濡れて透けたりしないのかなって心配になるし、黒は黒で鎖錠さんの雰囲気に合うし絶対エッチだから見てみたいけど白のビキニもエッチで最高だよねって思ったり考えたりでどっちも最高というかなに考えてるんだろうね僕は。

「……あの、そんなにじっと見られると」

もじっと、鎖錠さんが身体を隠すように腕で抱く。すると、胸が潰《つぶ》れて余計に谷間が強調される形になってしまい、むしろエッチ度は増している。

格好もさることながら、その恥ずかしそうな反応に調子が狂う。んんっ、と喉《のど》を鳴らして努めて空気を変える。そして、先ほどのように感想を求めているだろうと、口を開く。

「その、……似合ってるよ。隠しきれないおっぱいが凄《すご》いというか、むにゅって潰れてるのがまたエロいというか……うん、エッチだ」

「いえ……あの、…………困ります」

あれ？　なにか間違えた気がする。

真っ赤になって俯いてしまう鎖錠さん。そりゃ、おっぱいがむにゅってしてエロいとか言われたらそんな反応もするだろうけども、えー……？　と思わなくもない。そんな反応するかなって、頭の奥底で疑問が残り続ける。

「でも、その……ありがとうございます」

似合っているという言葉にか、恥ずかしそうにしながらも嬉しそうに笑う姿は、普通の女の子そのもので。間違ってはいないはずなのに、違和感が拭《ぬぐ》いきれない。

それを上手く言葉にできなくって、わだかまったまま胸につかえていると、腕を取られて驚く。同時にふよんっと二の腕に当たる柔らかい感触に、そこから熱が広がっていくように身体全体が火照っていく。

「な、なに……？」

「えと、一緒に写真を撮ってもいいですか？」

肩に掛けていたビニール製のトートバッグから控えめに取り出したのはスマホだった。

太陽のように輝く電光をレンズが反射している。

「はぁ……まぁ、いいけど」

でも、なんか近すぎません？　気にはなったけれど、伝えるような真似はしなかった。

意識していると白状するようで恥ずかしかったからだ。……言わずとも挙動不審な態度で伝わっていそうだけど。女性と付き合ったことのない僕にとって、この距離感はちょっと刺激が強すぎる。

「ありがとうございます」

嬉しそうに、蕾《つぼみ》が花開いたような笑顔を咲かせる。どうにも調子が狂う。

嫌がらせを受けているわけではないのに、どうにも顔をしかめてしまう。警戒とは違うなにかが、僕の感情を抑制する。

鎖錠さんはそんな僕の様子に気付かないのか、それとも気にする余裕がないのか。「……ちょっと待ってくださいね」とぎこちなく、不慣れな動作でスマホを操作している。普段、料理の時ぐらいしかスマホを使っているのを見たことがないので、カメラ機能を起動させるのは初めてなのかもしれない。

悪戦苦闘しながら、どうにかカメラモードに切り替えられたのか、腕を伸ばしてカメラを構える。

「……収まらないので、もう少し近付いても良いでしょうか？」

「あぁ、うん」

既に腕を取られている状態。そこから更に距離を詰められ、頬がくっつきそうになる。見目が良すぎる鎖錠さんの接近は目にも心臓にも悪い。極力意識しないよう、鎖錠さんが掲げるスマホを見つめていたけど、意識の大半は息遣いすら感じ取れるぐらい近くにいる彼女に引っ張られていた。

というか、もはや凶器と言っても過言ではない胸に、腕が埋もれるように捕まえられているのだから、平静を装うなんて思春期男子高校生にはムリな話で。

「撮りますね？」

鎖錠さんの合図にも気もそぞろで、シャッター音のした後、スマホの画面に映ったのは顔を赤くした美少女に身を寄せられ、同じく顔を赤くして顔を強張らせている緊張していて余裕の欠片《かけら》もない男子……。明らかに女子慣れしていないのが丸わかりの写真に、撮り直しを要求したくなる。

幸せな思い出と黒歴史が同棲《どうせい》してるぅ。後で消すに消せなくなるやつじゃん。

「いや、あの……鎖錠さん？」

なので、今のうちに削除してもらおうと要求しようとしたけれど、画面が濡《ぬ》れるのも厭《いと》わず、豊かな胸にスマホを大事そうに抱えている。

まるで、欲しかった物を贈ってもらったように、幸せを噛《か》み締《し》めている彼女になにも言えなくなってしまう。

「……初デートの記念ですね」

熱の籠《こ》もった吐息を零しながら、そう吐露する鎖錠さん。

遅れて僕に呼ばれたことを理解したのか、「あ、あれ？　今、呼びましたか？」と慌てて顔を上げて、スマホを取りこぼしそうになっている。

お手玉した後、どうにかスマホをキャッチして安堵《あんど》する鎖錠さんに、「なんでもない」と首を横に振る。不思議そうに小首を傾げられる。まさか、たかだか写真一枚でこうまで喜んでくれている鎖錠さんに、『その写真、格好悪いから消してくれない？』なんて言えるはずもなかった。彼女の顔をわざわざ晴天から曇りに変えたくはない。

「後で送りますね」

と、天使と悪魔が同棲している写真が、僕のスマホにも住むのが確定し、なんとも言えない気持ちになっていると、腕の代わりに今度は手を取られる。

「泳ぎに行きましょう」

にへ、と蕩《とろ》けた笑みを浮かべて、静かに波打つプールに連れていかれそうになる。手を引かれるまま、足が遅れてつんのめるようにして歩く僕の視線は、未だに彼女が握っているそれに目が向けられている。

「いや、というかスマホ……」

「あ」

不意に彼女が止まる。今気付いたというような声。

鎖錠さんに引っ張られていた僕は、勢いを殺せず危うく彼女の背中にぶつかりそうになってしまう。体重を後ろにかけるが、濡れた床に足を取られて転けそうになってゆらゆら。

咄嗟《とっさ》に鎖錠さんの肩を支えに体勢を立て直す。

「ごめんっ」

しっとりと吸い付くような肌の感触に慌てて手を離す。胸を押し付けられたり、家では抱きしめられたりと触れ合うことは多く、なにを今更と自分でも思う。けれど、事故とはいえ自分から鎖錠さんに触れてしまうのは、相手から触れてくる以上の抵抗感と羞恥心《しゅうちしん》があった。緊張で、喉の皮が突っ張る。

けれど、鎖錠さんにとってその程度はどうでもいいのか、むしろ僕が指摘した部分を気にかけているようで、手に持ったスマホを困ったように見下ろしていた。

眉根《まゆね》を寄せたまま僕を見て、

「えっと、これは……えへ」

と、誤魔化すように笑った。ついで、置いてきますねとトートバッグにスマホをしまいながら、ロッカーのある更衣室に戻っていった。

パレオの揺れる鎖錠さんの背を見送りながら、喉でつっかえていた息を吐き出す。彼女と待ち合わせで会ってから、初めてまともに呼吸をしたかもしれない。湿気は多いが、新鮮な空気を取り込んで喜ぶように肺が膨れている。

喉をせき止めていたのは緊張。そして、戸惑いで。その理由を吸い込んだ息のかわりに吐き出す。

――……あれは誰なんだろうなぁ。

[redacted]

プールで濡れた髪は外を少し歩いただけで乾いた。しっかり乾かさないと髪が痛むと、合流した鎖錠さんに小言を言われたけれど、男の子なんてそういうものだから許してほしい。

少なくない車が交差する道路。その脇の歩道を歩きながら遠くを見つめる。猛暑日。強すぎる日差しとじめっとした暑さのせいか、コンビニの看板が歪《ゆが》んで見えた。せっかくプールで涼しく汗を流したというのに、歩いて数分で額や首から汗が吹き出てくる。自然物なんてどこにもない街中であっても存在を主張するセミが暑さを加速させている気がしてならない。

身体で直接夏を実感しながら、プールで遊んだ後に向かったのは駅近くにあるレストランだった。

落ち着いた雰囲気の店内には女性客が多い。男性客もいるにはいるが、ほとんどが家族連れで、残りはカップルだろう。夏だというのに、無闇やたらなイチャつきが鬱陶《うっとう》しい。店はパスタ専門店のようだけれど、ガラスケースに並べられたケーキの品揃えは良い。ケーキショップと比較しても遜色《そんしょく》ないぐらいだ。客層が女性に偏るのも頷《うなず》ける。

「なににしようかな」

鎖錠さんと向かい合うようにテーブル席に座り、スタンドに立てかけられていたメニュー表を見る。朝はデートの準備で忙しくって、軽くしか食べていない。それなのに、プールで運動したのでお腹は大いに空いていた。胃になにも入っていなくて、お腹が空いたと鳴くこともないほどに。

ただ、メニューを見ても……なんか、よくわからないのが多い。いや、パスタなんだろうけど、夏野菜のなんたら風とか、じぇのべーぜとか書かれても味の想像がつかない。

もっとわかりやすい名前にしてくれないものか。ソーセージとピーマンと玉ねぎを炒《いた》めてパスタを投入してケチャップで和えたパスタとか。余計わかりにくくなったね。正解はナポリタン。

パタンとメニュー表を閉じる。顔を上げると、鎖錠さんもこっちを見ていた。

「決まった？」

「はい」

頷かれる。奥ゆかしい、控えめな返事に目を細めながらも、店員さんを呼んで注文する。

とりあえず、ドリンクバーは前提として、

「明太子パスタの大盛りで」

やはり明太子パスタは正義である。いつもならナポリタンだけど、ケチャップがはねたら大変なので今日は止めておいた。中のシャツ白だし。染み付けたままデートは嫌だよね。

目でどうぞと鎖錠さんを促すと、広げたままのメニュー表を指さした。

「生ハムとトマトのサラダをお願いします」

その注文内容に僅《わず》かに目を見開く。追加注文もなく、店員さんは注文を復唱すると、メニュー表を回収していなくなってしまった。

「……足りなくない？」

「あ、と。これぐらいで、全然……」

肩をすぼめて、消え入りそうな声で言う。

普段からあまり食べるほうじゃないとはいえ、サラダだけというのはあまりにも少ない。

今日の朝だって、デートの準備でなにも食べていないようだったし、運動もした後なのだ。

目眩《めまい》のする暑さもあって、倒れやしないかと心配してしまう。胸はともかく、プールで見た身体は栄養が足りているのか不安になるぐらい細かった。胸はともかく。

本当に平気？　ムリしてない？　僕は心配ですと見つめていると、逃げるように俯《うつむ》いて手をテーブルの下に隠してしまう。そして、なにやら唇が動く。なにか、喋《しゃべ》ってる……？

「…………して……ので」

「なんて？」

良く聞き取れない。聞き返すと、耳まで真っ赤にしてボソボソと、先ほどよりは大きく、けれどやっぱり小さな声量でどうにか声を絞り出す。

「ダイエットを、して……いる、ので」

「はぁ……」

言わせないでくださいと、つむじが見えるぐらい下を向いてしまう鎖錠さん。

恥ずかしがるのはわからないでもないけど、どう答えたらいいかわからなかった。

それは、あんだけ細いんだからダイエットなんて必要ないでしょという、女の子にとってはデリカシーのないことを思ったから、っていうのもあるけれど。

――ダイエットなんてしてたか？

言葉そのものに首を傾げざるをえなかったから。

もちろん、鎖錠さんと四六時中一緒にいるわけじゃない。デートの相手である僕の見えないところでやっていたというのなら、そういうこともあるだろうと納得するしかないのだけれど。

でもなぁ。

どうにもしっくりとこない。それは、今なお顔を伏せて羞恥《しゅうち》に襲われている鎖錠さんを見ても変わらず、けれど答えの出ない疑問にむぅっと口を噤《つぐ》むしかなかった。

大盛りパスタでお腹を満たしても消えなかった疑問だったけれど、食後に見せられたスマホ画面を見た瞬間に血の気と共に失せてしまう。

目の前が真っ白になる中、鎖錠さんは顔の前で可愛らしくスマホを掲げて、ちょこんと陰からウサギのように窺ってくる。

「午後は映画にしようと思っているんですけど、いかがでしょうか？」

「いかがって……」

僕の顔を見てよくそんな確認ができたものだ。自分の顔だから見えはしないが、きっと青いペンキを塗りたくったような色になっているはずだ。

彼女が見せてくるスマホには、事前に予約したであろうデジタルチケットが表示されていた。真っ白な背景に、無機質な文字で書かれているのは、今年の夏話題になっているホラー映画で……。

「どうでしょう？」

期待に満ちた目で見てくる鎖錠さんになにも言えず、僕は力なく首を振る。正直、縦に振ったか横に振ったか自分でもわからない。ただ、鎖錠さんは喜んでいるようなので、つまりはそういうことなのだろう。

まさか、ホラー映画が苦手なんて言えないよなぁ……。

「楽しみですね」

「そ、そうな……？」

せめて予約していなければと思うが、なにもかも手遅れで。

はしゃぐ鎖錠さんとは違い、僕はこれから死刑台に上がるような心地で意気消沈していた。

■■

ホラー映画は苦手だった。

人の心を震わせ、恐怖を呼び起こす。血と肉が飛び散る。『お気付きでしょうか？』と、同じシーンを再生してズームになって実は透けた女の幽霊が鏡に映っていたなんて、ありきたりな演出すら嫌いだ。

そもそも論として、なぜ怖いとわかっているのにお金を払ってまで観にいかないといけないのか。報酬が出ると言われても行きたくないのに、わざわざ身銭を切って恐怖体験する意味がわからない。

それなのに、なのに……。

「……（ガクガクブルブル）」

どうして僕は、映画館の椅子に座ってホラー映画を観ようとしてるのか。今すぐおうちに帰りたい。

とりあえず、なにがあってもいいよう入念にトイレには籠《こ》もった。そのまま映画が終わるまで引きこもりたかったけれど、鎖錠さんを待たせている以上そういうわけにもいかないのがとても残念でならない。

もう間もなく始まるというのにシアタールームにはお客さんが少なかった。ＣＭでは大ヒットとか言ってたし、夏休みだから席が埋まるぐらいいるものだと思っていたけれど、そうでもなさそうだ。できれば人は多いほうが心も安らかになるので、ギリギリまで入場者が多いことを期待したけれど、電灯が消えた後、腰を曲げて入ってきたのは数人だけだった。ぎゅっと拳《こぶし》を握る。手の内側は冷や汗で濡《ぬ》れていた。

映像が流れる。ただし、本編ではなく予告編。見慣れた頭がビデオカメラの人が注意を促している。その後、これから公開予定の映画の予告が流れ出す。海外の有名なアクション映画の続編だったり、日本の涙なしに見られない恋愛映画だったり。ゴールデンタイムにやっているアニメ映画が流れた時だけは、ほっと一息つくことができた。

が、そんなのは息継ぎのために一瞬海面に顔を出したようなもの。映像が消え、館内が一瞬真っ暗になる。まるで深海に潜ったような気分に唇を噛《か》んで、息を止める。

パッと明るくなり、木々に囲まれた素朴な一軒家が映し出された。序盤も序盤。だけれど、これから起こる惨劇が示唆されていて、肘《ひじ》置きを強く握って離せない。こんな調子で最後まで持つのかと、まだ冷静さを残す理性が問いかけてくるけど、返事をする余裕なんてありはしない。

映画は海外のモノで、正体不明の連続殺人犯から逃げるスプラッタホラー系だった。幽霊とか、そういう実在しないモノよりはなんぼかマシかと思って若干気を緩めたけれど、ストーリーや登場人物よりも映像に、真横に伸びて引き攣った頬が戻ってこない。

どうやら、ホラー要素よりもスプラッタ重視なようで、数分ごとに血と肉がびちゃぐちゃ飛びまくる。ここまでくると、怖いよりも気持ち悪いが勝ってくる。よくもまぁR18G

に指定されなかったなと。喉《のど》をせり上がってくるモノを抑えようと、口元を手で覆う。

大作というか、もはやB級ホラーのような気がしてきた。どれだけスプラッタァァアッできるのか、監督は楽しんでいるのではなかろうか。

いっそ気を失いたいと瞳《ひとみ》を投げ出して白目になっていると、膝《ひざ》置きを摑《つか》んでいた手をなにかに握られる。

「……っっっ！！？」

突然の接触に、過敏になっていた身体が震えた。な、なに？　と恐怖に耐えながらそろりと確認すると、隣の鎖錠さんの手が握ってきているだけだった。

ふぅうっ、と安堵《あんど》の息が零れる。心霊現象を信じているわけじゃないけど、あまりにも心臓に悪かった。本気で止まるかと。

正体がわかると、次に気にかかるのは鎖錠さんの手で。

重ねてきた手がかすかに震えているのに気が付いた。

暗がりの中、映像の明かりを頼りにして鎖錠さんの顔を窺うと、青ざめているように見える。もう一方の手を口元に添え、わななく唇。黒い瞳は正面の映像を捉《とら》え続けているが、無意識にとでもいうように、僕の手を摑む力が強くなっていく。

その姿はホラー映画に怯《おび》える気弱な少女そのもの。

怖いもの知らずな普段とのギャップに瞠目《どうもく》してしまう——ことはなく。ここに至って違和感が確信に変わる。

絶対、怖がってない。

そもそも、金曜日にやっていたホラー映画を無感情で観ていたのだから、ちょっと血や肉が飛び散った程度でここまで怖がるわけがない。僕は呪いのスマホとかなんじゃそりゃっていう内容に、めちゃくちゃ怯えて夜眠れなかったけれども。それはどうでもよくって。

まさか、本当に鎖錠さんの臨場感が増したところで、人が変わったように怯えるはずがなかった。

それこそホラーだ。まさか、と内心鼻で笑うけれど、そういえば——と思い出すのは、鎖錠さんを拾った少し後。マンションのエントランスで彼女と瓜二《うりふた》つの女性とすれ違った時のこと。

いやぁ……そんな、ねぇ？

ありえないと思いつつ、なぜか握ってくる鎖錠さんの手を引き剝《は》がしたくなった。真偽を確かめるようにその横顔を窺うけれど、目、鼻、口。ワンピースの胸元を押し上げる膨らみだって、どこを取っても間違いなく鎖錠さん本人でしかない。

気のせいだと頭の裏にこびりついた疑問を拭《ぬぐ》い去《さ》ってスクリーンに目を向けると、丁度連続殺人犯が刃物で女性を切り刻むシーンだった。今日はお肉を食べられそうにないなぁ……。

■■

日が沈む。マンションや住宅の陰に隠れながら、見えない地平線の向こう側に消えていく。

太陽から離れた部分から夜の帳が降り始めるのを、小さくブランコに揺られながら見上げる。

マンション近くの公園。砂利の敷かれた敷地内の至るところから雑草が伸び、公園内にある遊具は離れていてもわかるほどに塗装が剝げて、錆《さ》びている。

握ったブランコの鎖もざらざらしていて、鉄臭さが鼻をつく。

「……〜〜♪」

デートの最後に公園を選んだのは鎖錠さんだった。

隣に目を向けると、彼女は楽しそうに鼻歌を歌い、ブランコを漕《こ》いでいる。その表情は柔らかく、見る人を惹《ひ》きつける力があるけれど、胸の奥で忌避感めいたモノが疼《うず》いていた。

違和感から始まったそれ。最初は言語化するのも難しかったけれど、デートで時間を重ねる内に少しずつ氷解していった。

地面から僅《わず》かに浮いていた足を下ろす。揺れていたブランコを止める。

訊《き》かないと。鎖錠さんの笑顔に見える横顔を見つめながら、僕が口を開こうとすると、先んじるように彼女から話しかけてきた。

「……今日のデートは楽しかったですか？」

こちらを見ないで、天を仰いだままの鎖錠さん。

楽しかった、か。

デートの終わり。男女が交わす言葉としては真っ当で、なんら特別なモノではない。

けれど、今の僕にとってその質問は的確すぎて、出かかっていた言葉を喉で詰まらせるには十分な力があった。

顔がこわばる。無意識に唇を噛んでいたのは、鎖錠さんの問いかけに答えたくないからかもしれない。

だからといって、僕は鎖錠さんに嘘はつきたくなかった。これまで、鎖錠さんと一緒に居て心地好かったのは偽らなかったからだと思うから。

取り繕わず、気を遣わず。かといって、相手の事情に深く踏み込まない。進まず、後退もしない。停滞していたからこそ、居心地が良かった。

けれど、今は本心を話すのがこんなにも苦しい。握った拳の爪が手のひらに刺さる。痛みを伴いながら、僕は言う。

「……誰とデートしているのかわからなかった」

胸の内にわだかまり、言葉にできなかった気持ちをゆっくりと吐き出す。

「鎖錠さんなのに、鎖錠さんじゃない誰かと一緒にいるみたいで。それに、無理をしているように見えたから……」

心の底から楽しめなかった、と。最後は思うだけで、声にはならなかった。けど、言葉にしなくても、伝わっているはずだ。……伝わってしまう。

今日の鎖錠さんは、ツギハギだった。

普通の女の子の反応をかき集めたようなちぐはぐさ。

楚々《そそ》として、礼儀正しく。

ちょっとしたことで照れたり、けれど大胆で、守ってあげたいと思わせる弱さも見せる。

まるで男の子が妄想するような女の子だ。どこにでもいそうな、どこにもいない少女。

だから、現実感がなくって、ゲームのヒロインを見ているような違和感が拭えなかった。

……そもそもとして、普段の鎖錠さんと違いすぎるんだけれど。

最初から、まるっきり演技なのはわかりきっていた。ただ、どうしてこんなことをしたのかがわからない。キッカケは引っ越しだろうけど、だからといってこんなことをする意味がわからない。

「どうして……」

口から疑問が零れただけなのか、質問したのか自分でさえ判然としなかった。ただ、どうしてという思いだけが心の内側にこびりつく。

一蹴《け》り。鎖錠さんは大きくブランコを揺らすと、そのまま前に飛び降りた。

「……やっぱり、私じゃ無理だった」

寂寥《せきりょう》の混じる声。振り返った鎖錠さんは、まるでこれまでの彼女が幻想だったかのように笑顔が消えていた。無感情……というには、なにもかも諦《あきら》めたような厭世《えんせい》的な暗い顔。

逆光の夕日で身体全体に影がかかる。けれど、虚ろな黒い瞳だけは、闇に溶けていてもなお視認できた。

物悲しげに揺れる。空虚な瞳だけは。

「……結局。どんなに魅力的な女の子を演じても、私は私でしかないってことね」

悔やむように呟《つぶや》く。

「演じるって、鎖錠さん……」

「なんでもない」

あ、と呼び止める間もなく、鎖錠さんが去っていく。

追いかけようとしたけど、残した腕がブランコの鎖に引っかかってしまう。

「……ぐっ」

そのままつんのめるようにして転んでしまう。地面に頬を打つ。ざらついた砂利が頬を撫《な》でる。

痛みにしかめながら顔を上げた時には、沈む太陽と彼女の身体が重なり、黄昏《たそがれ》の中に溶けるように消えてしまった。

スイッチで照明を落としたように、辺りから急に明かりが消える。電源が繋《つな》がっていたように心にまで影を落とす。

破綻《はたん》は目に見えていたのかもしれない。

居心地が良いからと相手のことを深く知ろうとしないで、ただ漫然と一緒に居ただけ。変えようとしなければ、いつまでもこの関係が続くように勘違いしていたけれど、それぞれの事情は常に付いて回る。耳を塞《ふさ》ぎ、目を閉じたところで現実はなにも変わらない。

家族の下に戻るのか。それとも鎖錠さんと一緒にこちらに残るのか。

選ぼうとしなかった結果、気付けば選択する機会を失っていた。

「……っ」

転んだまま地面を削るように拳《こぶし》を握る。爪の間の土が入り込むのも気にならない。

感情のまま拳を地面にしたたかに叩《たた》きつける。痛みは……感じなかった。

真意はわからない。けれど、なにも選ばなかったせいで、僕は決定的な間違いを犯してしまった気がする。

その予感を肯定するように。

この日を境に、鎖錠さんが部屋に姿を見せることはなくなった。

第5章　ダウナー系美少女が居なかったら

カーテンを締め切って、電気も点けていない真っ暗な部屋。

ベッドに転がる。脱力して力の抜けた手足を投げ出し、薄暗い天井を意味もなく見続ける。

鎖錠さんが姿を見せなくなってから数日が経ったように思う。あんまり自覚はない。何ヶ月も過ぎたようにも感じるし、公園から家に帰ってそのままベッドに倒れただけのような気もする。

食事は最低限。なにをすることもなく、死んだように動けずにいた。

残るか、残らないか。どちらにしようかと悩んでいた時と状況は似ているが、根本は違う。あの時は考えすぎて身動きが取れずにいたけど、今はなにも考えられないだけだ。考えたくもなかった。

空っぽの頭は、指一つ動かすのすら面倒で、自分が息をしているのかもあんまりわかっていない。

いつもならレトロゲームでもして気を紛らわせるところだけど、それすらも億劫《おっくう》だった。染み付いた習慣が失せるほどの虚無感が身体を満遍なく侵食している。

ただただ怠かった。

寝返りを打つと、丁度目の前にスマホがあった。力の入らない手を這《は》わせ、どうにか掴《つか》み取る。パッと画面が光る。暗闇で慣れた目には強すぎる光で、反射的に目を細めた。

「……八月の十七日」

引っ越しのタイムリミットまで残り二週間になっていた。

本当に引っ越しするというのであれば、転校の手続きやら荷物の整理やらで八月末にはもう間に合わないだろう。実際、母や妹からどうするのかというメッセージや留守電は残っていた。だけど、あの日、鎖錠さんが居なくなってから、なんもかんも考えたくなくって、こうして部屋に引きこもっている。返事はしていない。

こうして、なにもかも嫌になってふて寝しているだけなのに、身体というのは正直者で音を立てて空腹を訴えてくる。こういう時ぐらい静かにしててくれたらいいものを。そう思ってしまうが、昨日の昼、食パン一枚を食べてから今の今までなにも胃に入れていなかった。僕の一部とはいえ、お腹が怒るのも無理はないのかもしれない。

仕方なく、ベッドから立ち上がる。ずっと寝ていたからか、血が急激に落ちて目眩《めまい》がする。倒れそうになるけど、どうにか壁に手をついて身体を支えながらリビングに向かう。

「……静かだなぁ」

僕以外の音がしないリビングはあまりにも物寂しい。元々、家族四人で住んでいたぐらいなので、一人で暮らすには少しばかり広すぎた。

誰もいないリビングから目を逸らし、キッチンから食パンの袋を引っ張り出す。焼くのも面倒で、袋から一枚取り出してそのまま咥《くわ》える。

このまま立って食べてしまおうと思ったのだが、どうにも身体が疲れている。寝てばっかりで体力が落ちたのかもしれない。のそのそとリビングの座椅子まで歩いて、倒れるようにして座る。

「…………」

もそもそとただ生きるためだけの食事。味気なく、惰性の極みであるけれど、空っぽだった胃に食パンが収まったおかげか、モヤのかかったような思考が鈍っていた頭にも少しだけ血が巡って動き始める。

「……鎖錠さん」

再起動した頭が最初に思い描くのは、意識が沈む直前の出来事。鎖錠さんが夕焼けに溶けてしまったあの日のことだ。

本当にこれでいいのか、と。幾度もした自問自答を繰り返す。

今まではこれでよかった。

学校の教室で愛想笑いを浮かべて、嫌なことだろうと適当に誤魔化して。

肩を叩いてバカな話で盛り上がるクラスメートたちと表面上は友達付き合いをして、けれども決して踏み込まない。外で遊ぶことはないし、学校という箱庭の中だけの関係性。

一人は楽だった。

人と付き合い、関係を築くのは疲れる。相手に合わせて取り繕うのは、自分に嘘をついているようなもので、一言『そうだねー』と相槌《あいづち》を打つ度に、ゲームのＭ Ｐ《マジックポイント》のように見えないなにかがすり減っていくのを感じていた。

「だから、他人となんて付き合い以外で関わる気なんてなかったのに」

でも。

鎖錠さんと居る時だけは、心がすり減っていくような感覚はなかった。むしろ、穏やかで、少しずつだけれど、減ったなにかが回復していくような気さえしていた。

無理に会話をする必要はない。一緒にいるだけ。それだけでよかった。それだけでよかったのに……。

「……あぁ、ダメだ。堕ちそう」

ご飯を食べる度に、血の巡りが良くなって余計な考えに至る。食事とは人を幸せにするものだと思っていたけれど、どうにもこうにもならない時は毒にもなるんだなと初めて知った。

「どうせ引っ越すんだし、忘れれば楽なんだけど……」

でも、けど、と言葉を濁すのは僕の悪い癖だった。考えているように見せかけて、決断力に欠けているだけ。これで本当にいいのかと、自分の選択を疑い続ける。優柔不断。軟弱な男とは僕のことかと、思わず自嘲《じちょう》してしまう。

ただ、どうせ選べる機会は過ぎ去った。鎖錠さんはもう居なくなったのだから、もはや選択する余地もない。

考えなくていいのは楽だった。分岐のないゲームを決定ボタンを押すだけで進めるように、ただ見ているだけでいいというのは精神的負担がないから。

だからこれで……。そう思おうとしているのに、心の奥。胸の内側の更に内側、心臓なのかそれとも身体の中心なのかわからないどこかで、居座り続けている気持ちがある。

このまま本当に鎖錠さんと別れていいのかって、悲痛な表情で叫ぶ僕自身が。

自分への問いかけ、なんて。そんなことしてる時点で答えなんて決まっている。

「……いいわけないんだよ」

いいわけは、ないんだ。

テーブルに肘《ひじ》をついて、前髪をかき上げるように頭を抱える。手に伝わる額の熱が、いやに高かった。

「だからって、どうすりゃいいのかわかんない……」

弱音だ。だって、この期に及んでも僕は鎖錠さんか家族か決められないでいる。決められないまま、立ち止まって蹲《うずくま》るしかできない。

上辺ばかり取り繕ってきて、本気で考えるなんてことしてこなかったから、こういう時どうすればいいのかわからない。

頭の中と同じように、髪をぐしゃぐしゃにかき乱す。

「――あぁあああああああああっもぉぉおおおおおさぁあああああああああっ!!!!!!!?」

めんっっっっっっっっっっどくさいっ。

状況もそうだし、うじうじ悩んでる自分も面倒くさい。なにより、なにも言わず勝手に結論出して居なくなる鎖錠さんが面倒くさい。

考えたくない頭使いたくない帰りたい――!

頭をテーブルに打ち付ける。公園で地面を叩《たた》いた時には感じなかった、脳を揺らす痛みがあった。

顔を上げる。すると、起きているのに夢でも見ているのか、それとも暑さでやられたのか。

少し前まで、そうであったように、無表情のまま座椅子に座ってぼーっとする鎖錠さんを追想する。他にも、洗濯物を干す姿だったり、キッチンで悪戦苦闘しながら料理をしたりする鎖錠さんが現れては消えていく。

現実に鎖錠さんは居ない。けれど、彼女と居た記憶は確かにあって。

「――～～っ。こういうのは柄じゃないんだけどさぁっ！」

衝動のまま座椅子を蹴飛《けと》ばす。

答えは出てない。けれど、とにかく鎖錠さんに会いたかった。

■■

衝動的だった。

感情を抑えきれない。絵の具をごちゃ混ぜにしたように溶け合う感情は、結果的にイライラとなって表に吹き出す。

転がっていたからよれてしまったシャツのまま、玄関を飛び出す。ドアが閉まったのすら確認しないで、叩くような足取りで向かったのは隣。鎖錠さんの家だった。

昼夜の感覚は失せていて、感覚的には朝起きたばかりなのだけれど、空は赤く染め上がりカラスがバカにするように鳴いていた。

時間が飛んだような感覚。けれど、気にもならずにインターホンに指をかける。勢いのまま押す直前になって、伸びた人差し指が震えた。

「……いる、かな」

ここまで来て日和る。

いやいや、こういう最後の最後で踏み切れないのがダメなんだと首を振って奮い立たせる。なんでこんなことをしているのかとか考えてはいけない。立ち止まった瞬間、なにもできなくなってしまう。

動かせずにいた震える人差し指を、無理やり動かしてボタンを押し込む。

呼び鈴の音が扉越しに聞こえてくる。心臓が竦《すく》み上がって、じりじりと足が下がっていくのを痛いぐらい叩いて抑え込む。

首が絞まる。呼吸が細くなる。早く出てきてほしいような、このまま留守であってほしいような、相反する気持ちが内側で渦巻いていた。

「……いない、かな」

気が抜けて、ほっと息を吐き出す。……が、中から物音が聞こえてきて背筋が伸びた。

いる。認識した瞬間、開いていた口を閉じ、息を呑《の》むと鍵《かぎ》を開ける音が耳を打つ。そして、そのままドアが向こう側から開いていく。

「どなたかしら？」

ドアの向こう側から出てきたのは鎖錠さん——ではなく、彼女と瓜二《うりふた》つの女性だった。

恐らく、前にエントランスで見た人だ。近親者なのは間違いない。以前見た時の大人びた濃い化粧や雰囲気からなんとなく母親かなと思っていたけど、間近で見ると双子の姉妹にも見えた。

ほんとのところどうなんだろう。疑問に思ったけれど、鎖錠さんとよく似た整った顔立ちから視線を少し落とすと咽《む》せてしまった。

「……？　なにか？」

「いやっ、なにかって……っ」

本当にわかってないのか、ドアに手をかけたまま愛らしく小首を傾げる女性から急いで顔を背ける。

なにに驚いたって、彼女の格好。

最初はドアの陰に隠れて気が付かなかったけど、ネグリジェなのである。しかも、布の向こう側が見えてしまうぐらいの薄いスケスケ具合。身体のラインどころか、鎖錠さんにも勝るとも劣らない扇情的な裸身がほとんど曝《さら》け出されているじゃないか。

しかも、透けてしまっている下着は白で、エロさよりも『大丈夫か？』と心配になるような布面積しかないぐらい小さい。

それ本当に隠れてる？　はみ出してない？　紐《ひも》と同義じゃないの？　というか、現実に存在するんだね、そんなエロ下着。エッチビデオでしか観たことないや……。

動揺のあまり固まっていると、黙り込んでしまった僕に困ったような表情を浮かべている。はっ、と意識を戻し、手の甲で口を隠しながら、んんっと喉《のど》を鳴らす。

「す、すみません。思わぬ格好だったので……」

「か……？　あぁ」

言われて思い出したのか、自身のあられもない格好を見下ろす女性。

けれども、そんな明らかにエロい格好で出てきていながら、取り乱すことも恥ずかしがることもなかった。

「ごめんなさい、はしたない格好で。さっきまでお客様をお相手していたものですから」

「お、お客様？」

まるでその格好で相手していたように軽く言うけど、普通、お客様対応でそんな裸よりもエッチな姿をするわけがない。言葉の綾《あや》だろうか？　なんだか追及するのも怖いものがある。

そ、そうですか、とこの件に触れないようにしつつ、本題に入る。とっても気にはなるし、ついつい目が透ける肌に釣られそうになるけれど、今日の目的は鎖錠さんである。スケスケのネグリジェを着たお姉さんに会いに来たわけじゃない。

「その、鎖錠さ……じゃなくって、えぇっと、ヒトリさんに会いたいんですけど、今、いますか？」

「……ヒトリ？」

鎖錠さんに似た女性が目を丸くする。

考えるようにルージュで彩られた唇に指先を添える。困った、というよりもその顔はどこか不安の色を宿している。

不穏な気配に胸がざわつく。

「……どうかしたんですか？」

「その、……」

言《い》い淀《よど》む。躊躇《ためら》っている女性に、気持ちが急《せ》く。

「あの、僕……じゃなくって、私は日向《ひなた》と言って、隣に住んでる者なんですけど、ヒトリさんとは同級生で、その、友達っていうか、知り合いっていうか、それなりに仲良くしていて。どうしても、鎖……錠さんに会って確かめなきゃいけないことがあって……！」

まくし立てるように言葉が流れ出てしまった。言いたいことだけを言ったというような、まとまっていない話。理路整然なんてしておらず、思いつくままに喋《しゃべ》ってしまっている。

ちゃんと伝わってるかな？　と、言いながら不安に思う。

女性は「お隣の」と驚いたように呟《つぶや》くと、僕を見つめ返してくる。その黒い瞳《ひとみ》は鎖錠さんによく似ているけれど、輝きが違う。黒曜石のように瞬く瞳に僕を映し出している。

「ごめんなさい」

瞼《まぶた》を閉じて、女性が謝罪する。落胆が胸を襲った。

「そう、ですか……」

しょうがない、とは思う。

初めて尋ねてきた、誰ともしれない他人に『家族の女性に会いたい』と言われて、はいそうですかと快く会わせるはずがない。

僕とて、妹に会わせてくださいなんて知らない男に詰め寄られたら……相手のほうを心配するかもしれない。うちの妹は規格外だから。

出鼻《でばな》を挫《くじ》かれ、項垂れる。熱に浮かされていた頭も冷めてきて、徐々に冷静さが戻ってくる。一旦《いったん》部屋に帰ろうかなぁ、と引き返そうとすると手を摑《つか》まれる。

温かい手。ひんやりとした鎖錠さんとは真逆の体温だった。

驚いていると、どこか必死さを伴う女性が強く手を握りしめてくる。

「そうじゃないの。会わせないとか、そういうことではなくって……いないの」

「いないって」

最初、言葉の意味をちゃんと理解できなかった。

出かけているだけとか、その程度の認識。けれど、事実はより非情だ。

もう一方の手も重ねて、震えながら僕の手を包み込む。まるで祈り縋《すが》るような行為は、懺悔《ざんげ》する罪人にも見えた。

「私が、……私がいけないの。あの娘のことを考えてあげられてないから。だから、元々家にいることは少なくって、顔を会わせるのも稀《まれ》だったわ」

ここ最近は特に、と目を伏せる。

「でも、着替えとか、冷蔵庫の物が減ってるから、帰ってきているのだけはわかっていたのに、それもなくなって……貴方《あなた》はなにか知らないかしら？」

――――

女性の懇願するような説明を受けて、僕の頭は真っ白になった。

いつから帰っていないのか。僕と出会ってからうちに来るようになって？　そうかもしれないけれど、その時は僕の家に泊まっていて……。じゃあそれ以外の時は？　今も。デートの後から何日経ってる？　わからない。けど、その間、鎖錠さんは自分の家にも帰ってなくって……――

あれ？　鎖錠さんは今どこに居るの？

視界が暗転する。明滅。映し出すのは鎖錠さんと出会った雨の日の出来事。濡《ぬ》れたまま、玄関の前で膝《ひざ》を抱えて座り込んでいた彼女に、もし、声をかけていなかったなら、鎖錠さんはどうしていたんだろう――？

「――ッ」

「あ、……！」

身体が勝手に走り出していた。

握られていた手を振り払い、遮二無二足を動かす。

疑問に対する答えは出ていない。鎖錠さんがどこにいるかだってわからない。

なにもかもわからないまま、ただただ足が動いて止まらなかった。

「鎖錠さん……！」

茜色《あかねいろ》に染まっていた空を、黒い雲がいつの間にか覆い隠そうとしていた。鉄筋の階段を駆け下りるほどに鼻をつくのは湿った土の香り。

天気予報なんて観ていなくってもわかる。不穏な気配に駆り立てられながら、マンションのエントランスを飛び出した僕の頬に、ポツリと雫《しずく》が落ちた。

■■

水溜《みずた》まりを踏みつけて、水滴がはねる。

鎖錠さんを探している最中、ついに泣き出した天気は、バケツをひっくり返したような大雨となっていた。

地面を叩く激しい雨脚。ずぶ濡れで、顔に張り付く髪を払い除けながら、とにかく走り回っていた。

鎖錠さんの居そうな場所に心当たりはない。一ヶ月以上、半同棲《どうせい》のような状態で暮らしていたけれど、彼女が行きそうな場所なんて僕の家ぐらいしかわからない。

それも今は居ない。当たり前だ。居なくなったから探しているのだから。

「はぁ……っ、んっ」

息が荒い。溜まった唾《つば》を飲み込み、咳《せ》き込んでしまう。それでも、とにかく足を前に動かす。こんなに走ったのは久しぶりで、足の感覚がなくなっている。走っているのか、歩いているのかさえ自分じゃわからない。

それでも、とにかく少しでも彼女が行きそうな場所を探し回った。コンビニに、スーパーに、学校の教室。偶然、鉢合わせしてしまった先生に何事かと止められかけてしまったけれど、構っている暇はなく、制止を振り切って再び大雨の中飛び出した。

見つからない。居ない。姿がない。

焦燥が臓器を焦がす。肋骨《ろっこつ》が熱を持って、軋《きし》み出したような音を聞いた気がする。

「っ、……はぁっ、なぐ」

苦しい。痛い。

ただ、そういった症状はあるのに、なにが苦しいのか、どこが痛いのか、雨で先を見通せないように理解まで至らない。肺が張り裂けて息が止まりそうなのか、それとも、酷使している足が千切れそうになっているのか。

けれども、どんな苦痛よりも、血と一緒に流れる焦燥が僕を動かす。もはや、身体の動力はそれしかない。

マンション周辺から、数キロは離れた最寄りの駅まで駆け回る。途中、何度も転んだ。それでも、壁や柵《さく》、道中にある物を支えにして探し続けた。けれど、見当たらない。

行けるところは行った。探せる場所も探し尽くした。

「うっ……」

せり上がってくる物を、口を押さえて止める。身体の不調もあるだろうけど、溜め込んで膨れ上がった不安をこれ以上収めておけないと、身体が吐き出そうとしているようだった。

住宅街の道路。ひび割れたアスファルトに膝を突く。手近にあった電柱に触れて、何度も咳き込む。立っていられない。

結局、どこにも居ないという成果とも言えない収穫だけを持ち帰り、マンション近くに戻ってきていた。

激しく上下する胸を押さえながら、ふらつく足でどうにか立ち上がる。少しだけ、休みたかった。足を引きずるようにして、公園の敷地内に足を踏み入れる。

少しベンチに座ろうと思っていると、キィ、キィ、とブランコの揺れる音が聞こえた気がした。周囲の音なんて、太鼓のように激しく降り注ぐ雨によってかき消えているのに、どうしてか、妙にハッキリと耳に届いた。

……疲れて、幻聴でも聞こえたかな。

そう思ったけれど、確かにブランコは揺れていて。気になって、転ぶようにしながら近付く。

人影が見える。それが誰か、わかった瞬間、風船から空気が抜けるように口から息だけじゃなくって、安堵《あんど》や焦燥といった重苦しいモノまで出ていった。

「、やっと、見つけた……」

ぼやける視界には、雨の中でありながらもブランコに座っている鎖錠さんの姿があった。もしかしたら……と恐ろしい想像をしていたから、身体の芯《しん》から力が抜けて倒れ込んでしまいそうだ。

初め、公園を探した時には居なかったはずだけど、違う場所に居たのか。それとも、視界を遮る雨のせいで見過ごしていたのか。

まぁ、見つかった今となってはどうでもいいことか。

小さく息を零す。そのままブランコに座る鎖錠さんに近寄っていくと、気配を察したのかゆったりとした動きで顔を上げて——ぞっとした。

「……リヒ、と」

その顔は死人のようだった。

おしろいを塗りたくったように真っ白で、生きている人間特有の息遣いを一切感じない。ともすれば、もう死んでいるんじゃないかと思ってしまうほどに。

虚ろで、焦点の合わない瞳には光がない。瞳孔《どうこう》が開いて、生気すらなかった。光の届かない、深海の底のような黒に、意識が落ちそうになる。恐怖で指先から震えが広がっていく。

我を忘れて駆け寄る。鉄の囲いを不格好に乗り越えて、人形のように魂が抜けてしまった鎖錠さんを強く抱きしめた。

「…………っ、」

「…………りひと？」

幼子のように僕の名前を呼ぶ鎖錠さんを、もう離さないと抱きしめる。そうしなければ、今にも泡となって消えてしまいそうだったから。

身体だけじゃない。記憶からも消失して、まるで彼女の存在そのものがなかったことになってしまうような、儚《はかな》さがあったから。

あらん限りの力を腕に込めて、鎖錠ヒトリという存在をこの世界に留めようと押し固める。

「一緒に居るよ。これからも、ずっと」

腕の中で、鎖錠さんが僅《わず》かに身じろぐ。

もうダメだ。これは勝てないと。僕は白旗を上げざるをえなかった。

だって、僕が居なくなったら、鎖錠さんは間違いなく死んでしまうから。自ら命を絶つわけじゃない。だけれど、今の彼女を見ればわかる。あらゆるモノに絶望し、生きる気力をなくして、徐々に命を剝離《はくり》させていって、最後にはなにも残さずに消えてしまう。雨で体温が奪われたのか、それとも死に近付いて冷たくなっていったのか、鎖錠さんの身体は氷のように凍えている。

僕が居なければ死ぬと、衰弱した身体が叫んでいる気がした。声にならない訴えに、僕は応える。

「……鎖錠さんが望む限り、離れないから」

これは好意でも愛でもない。ある種の脅迫だ。

ただの依存。あなたが居ないと息もできないと、冗談でもなく彼女は告げている。無自覚に。言葉にしないまま。

僕はその脅しに屈して、鎖錠さんと一緒に居ることを選ばされた。

酷い話だ。やっぱり、僕に選択肢なんてなかった。分かれ道のようでいて、片方の道に倒れた女性がいれば、誰だってそっちを選ぶに決まっている。

いつからこうなってしまったんだろうと思うけれど、記憶の最初はやっぱり玄関の前で捨て猫のように丸まっていた彼女を拾った時で。あの時、拾うか拾わないかが僕の最初の選択で、唯一選べた道だったのだと今ならわかる。

段々と気持ちが落ち着いてきて、苦笑が漏れる。それは、抱きしめているからか、少しずつ鎖錠さんの肌が温かくなってきて、生きているという実感から安心したのかもしれない。

肩に触れる。強く摑むと、彼女の身体が震えた。無気力に垂れていた腕が、恐る恐る、弱々しく僕の背に回って抱きしめ返してくる。かたかたと震える手。猫のように立てた爪が、深々と僕の背中に突き刺さる。

「……っ、〜〜――ッッッ!!」

声にならない叫びが上がった気がした。

雨なのか、泣いているのか。目の端から透明な水が流れ続けている。

無意識なのかわからないけど、離したくないとでも言うつもりか、肩に嚙《か》み付いてくる。うぅっうぅっと唸《うな》り、まるで猫そのもので。背中を引《ひ》っ搔《か》く爪と相まって、抱擁というには随分と痛々しかった。

これも一種のマーキングなのか。

傷を作って作られ、自分の物だと主張する。酷く暴力的で血なまぐさい。あまり痛いのは好きじゃないんだけどと思いつつ、最初に会った時のように感情を剝《む》き出《だ》しにする鎖錠さんを見て、今日はいっかと諦《あきら》める。

鎖錠さんがいる。今日はそれだけで良かった。

空を仰ぐ。未だに分厚い黒い雲がかかって、雨は降り注いでいるけれど、雲の僅かな切れ間から、一番星が輝いていた。

エピローグ　ダウナー系美少女の手を握ったら

『へぇー。残ることにしたんだー。なーほーねー、兄さんがねー？』

「……なんだよ」

引っ越し先の固定電話にかけると妹が出てしまった。母さんがよかったのに。

最悪だぁと内心悪態をつきつつ、事情を説明。すると案の定、電話越しにも伝わってくるニヤニヤ声が返ってきた。口の端が引きつったまま戻らない。

さっさと切ってしまいたいが、偶然手元に転がり込んできた最高の玩具《おもちゃ》を逃がすような相手ではなかった。

『でぇ？　残る理由はやっぱり私の部屋に泊めているっていうお友達ぃ？』

……どうして母さんが出てくれなかったのぉ？

自分の運のなさを呪いたかったけれど、ぐっと堪える。変に取り乱すと妹の思うつぼだ。

声音と声量を落ち着かせ、努めて冷静に対応する。

「引っ越すのが面倒なだけ。もう切るからな？」

『へー？　ふーん？　ほーん？』

腹立つなーほんと。見透かされていそうなのもムカつく。

『まぁ、いいけどさ。その女の子のお友達とは同棲《どうせい》してるんでしょ？』

「同棲じゃない」

泊まりに来てるだけだから。ちょっと日数が週四とか五とか、フルタイム出勤みたいなだけで。

『ほーん。連泊でも同居でも半同棲でもなんでもいいけどさぁ』

「よくないから」

世間体とかあるから。実情はどうあれ、周囲に説明する時にお泊まりと同棲じゃ意味がかけ離れている。……いや、よくよく考えると一人暮らしの男の家に女の子が泊まりに来るっていうのもどうかと思うのだけれど。ま、まぁ、同棲よりはマシだろう。多分。

『いっそ一緒に暮らせば？』

「……なに寝ぼけたこと言ってんのお前？」

元々おかしな妹だとは思っていたけれど、夏の暑さにやられてついに壊れたのかもしれない。関東と違って、北海道は過ごしやすい気温と聞くけれど、最近は三十度を超えるのも珍しくないみたいだし。

「お可哀想に……」

『憐《あわ》れむならお小遣いちょーだい？』

「やだよ」

すぐにせがむ。やっぱりいつも通りの妹様だった。

『寝てもないし、冗談でもなくって』

と、妹が話を戻す。

『私からお父さんとお母さんにも口添えするからさ、いいんじゃないの。せっかくなんだから』

「なにがせっかくなんだよ」

『お友達のお姉さん、自分の家に居たくない事情があるんでしょ？』

「……」

閉口してしまう。

どうしてこう、普段は母さんのお腹の中に常識を置いてきたような言動ばかりするのに、こういう時ばかり察しがいいんだろうか。的確に、狙いすましたように、触れてほしくない部分を突いてくる。厄介な妹だ。つい、ため息をついてしまう。

『お母さんだって反対しないよ。むしろ、兄さんにそんな甲斐性《かいしょう》があったんだって喜ぶかも？』

「適当な……」

『気楽だからって、なにもしないまま半端なのが一番ダメだと思うけどねぇ？』

「お前のそういうとこほんっとに嫌い」

僕とて今回の件で反省はしている。けど、なんでもかんでもわかったように言われるのは好きじゃなかった。

というか、

「父さんはいいのかよ」

『……？　お父さんは私の言うことに反対しないでしょ？』

「……あぁ、そう」

甘やかしすぎたツケだな。それとも、娘からすると父親っていうのは、そういうものなのだろうか。息子の僕にとっては、何年経っても目の上のたんこぶというか、放置気味なのに妙にウザ絡みしてくる鬱陶《うっとう》しい存在なんだけど。

それにしても、一緒に住む、か。

考えなかったわけじゃないけど、昨日、あんなことがあったばかりでまだ踏ん切りがつかない。鎖錠さんの家庭環境もわかってないし、彼女に相談する必要もある。

ただ、と。瞼《まぶた》の裏に雨の中、ブランコに座る少女を思い描く。

「…………。考えとく」

そう言うと、向こう側の声が聞こえなくなった。一瞬、切れたのかと思ったけれど、

『……ふぅん』となにやら含みのある声がして訝《いぶか》しむ。

「なに？」

『んー？　いやー。兄さんも成長してるんだなーってね』

「言ってろ」

上から目線で偉そうに。今度こそ切るぞと伝えて受話器を置こうとすると、最後に妹が声を弾ませて言い残す。

『今度、会わせてね——義姉さんに♪』

■■

風邪を引いた。

熱に浮かされ、喉《のど》が痛い。鼻をすする。

ベッドに倒れ込んで動けなくなったのは、雨の中駆けずり回った二日後のことだった。

「……じんどい」

正直、油断していた。あの日、ずぶ濡《ぬ》れで疲労困憊《こんぱい》だったとはいえ、体調はそんなに悪くなかった。昨日だって、普通にご飯も食べてたし、熱もない。

まさか、一日間《あいだ》を置いてから倒れるだなんて思いもしなかった。

なにがいけなかったんだろう？

冷房ガンガン効かせて、アイス食べたから？　それとも、お風呂《ふろ》出た後に髪も乾かさずにグダグダしていたから？

思い返すと心当たりばかりで、当然の帰結のような気がしてきた。もしくは自業自得。

けほっ、と咳《せ》き込むとおでこに濡れたタオルを乗せられる。……きもちぃ。

「……ごめん」

ベッドの傍で膝《ひざ》をついた鎖錠さんが、俯《うつむ》き気味に謝ってくる。自分が悪いと思っているんだろう。雨が降る最中、鎖錠さんを探した結果風邪を引いたのだから、そう思っても仕方がないとは思うけど。

首を動かすと突っ張るような痛さがあるが、どうにか左右に振る。

「こゆこともある」

ほんとに。

鎖錠さんは膝の上で拳《こぶし》を握って、しゅんっと肩を落とした。

どれだけ慰めても納得しないんだろうなぁ、と熱い息を吐き出す。そういう自虐的なところ、直したほうが良いと思うけど、僕自身人のことは言えないので言葉にはしなかった。ただ、納得できないこともある。

この際、僕が風邪を引いたのはしょうがないとして、鎖錠さんがピンピンしているのはおかしくないだろうか。別に倒れてほしいと思っているわけじゃない。そうじゃないけれど、こう、なんだ。僕が脆弱《ぜいじゃく》と言われているようで……解せん。

仰向けで寝ながら、目だけを動かして鎖錠さんを見る。

その顔は白い。けれど、それは健康的なモノで温かみを感じた。消えてしまいそうな儚《はかな》さはもうない。

「……いいけどね」

呟《つぶや》く。拾った猫が元気でやっているというのなら、僕が数日風邪で寝込むぐらい、大したことはないだろう。意義はある。「どうかした?」と訊《き》かれ、なんでもないと目を瞑《つぶ》る。

あの後、再び鎖錠さんを拾った僕は彼女を部屋に連れ帰った。濡れた身体をお風呂で温めさせて、そのまま以前と同じように家に泊めた。

翌朝。感情を露わにしたのがよほど恥ずかしかったのか、顔を合わせるなり真っ赤で。だけれど、申し訳ないことをしたという罪悪感もあるのか、僕にどんな態度で接すればいいのかわからなかったらしい。

借りてきた猫のように大人しくしていたり、やたらめったら世話を焼いてきたりと挙動不審そのものだった。冷静……というか、あまり物事に動じない鎖錠さんにしては珍しい光景ではあった。

僕もそんな彼女にどう接していいかわからなかったので、もしかしたら風邪を引いたのは幸いだったのかもしれない。辛いけども。ずるずる。

ふと思う。そういえば、こうやって誰かに看病されるのは久々だなぁ、と。

その相手が鎖錠さんというのも悪い気はしない。なにより、彼女が隣に居るというだけで今は胸の内側が満たされる。

なんとはなしに手を伸ばす。体調が悪くて、人肌が恋しくなったのかもしれない。それとも、鎖錠さんがここに居るという確かな実感が欲しかったのかも。

頭痛がして、熱に浮かされる頭。平時から頭なんてよくないのに、こんな状態じゃあ正しい答えを導き出せるわけはないけれど、多分、理由あってのことじゃない。

下心もなにもなく、ただ、鎖錠さんに触れたいって身体が動いたんだと思う。

毛布の隙間から手を外に出し、膝で固くなっている鎖錠さんの手に触れる。いつもと逆だな、とふへって笑ってちょっとおかしくなる。

「……？　――――ッ⁉」

反応は劇的だった。ニトログリセリンに触れて爆発したかのような勢いで、鎖錠さんの顔がボッと音を立てて真っ赤に染まる。

僕から逃げるように仰け反り、距離を取る。身を守るように僕が触れた手を抱きしめて、潤ませた黒い瞳《ひとみ》を驚愕《きょうがく》で見開く。

「うえ？」

思わず濁った声が喉から絞り出されてしまう。な、なにごと？

不躾《ぶしつけ》ではあった。けれど、前までは鎖錠さんのほうから手を握ってきたり、後ろから抱きしめてきたりしていたのだ。そんな痴漢にあったような反応をされると、なんだかとんでもなく悪いことをしたんじゃないかと肝が冷えるし、そうでなくても傷付く。

可愛がっていた猫に引《ひ》っ掻《か》かれたようなショックを受けて、力の入らない上半身をどうにか起こす。壁際で身体を丸めて震える鎖錠さんを呆然《ぼうぜん》と見ていると、彼女は手の甲を撫《な》でながらオドオドと、顔と瞳をあっちこっちに投げる。

「あ、……これは、違う。そう、じゃなくって……だから、その――〜〜っ⁉」

首を伸ばして、涙目になって震えると、耐えられないとばかりに部屋を出ていってしまう。呼び止める暇もない。勢いよく開け放たれた部屋のドアが、閉まりもせずにゆっくりと戻ってくる。

「……えー」

一人取り残された僕は途方に暮れるしかない。

明らかな拒絶反応。嫌われている、なんて思いたくはないけれど、態度は露骨で、僕が手に触れたのが理由なのは間違いなかった。

「なんか、熱……上がってきたかも」

言い訳を口にして、バタリと倒れる。そのまま毛布を頭まで被って顔を覆い隠す。抱きしめた枕がどうしてか濡れた。

あとがき

自分の小説が本になる――なんて。

一年前の自分に伝えても到底信じられなかったと思います。そもそも、一年前には存在すらしていませんでしたからね、このお話。それがこうして皆様の手に取っていただけるようになるとは、人生不思議なものです。

初めまして、ななよ廻《めぐ》るです。カクヨムから応援していただいている方々には、こんにちは。

こうして本のあとがきを書く立場になるとなにを書いていいかわからず、実は締切ギリギリだったりします。怒られたらどうしようかなって手が震えていますが、手書きではないので字が乱れずほっとしております。デジタル社会でよかった。

安心も束の間、じゃあなにを書こうと頭を抱えるばかりなのですが、やっぱりこの作品のことですかね。

皆様、ダウナー系ヒロイン好きですか？　私は好きです。

この作品は小説投稿サイト『カクヨム』で投稿していたものですが、そもそも書き出した当初のテーマというかイメージは『ダウナー系』しかありませんでした。それがこうして書籍になるんですから、性癖も捨てたものじゃありませんよね。

ただ、『ダウナー系』しかなかったので、そこからどう話を広げるかにはなかなか難儀した記憶があります。

どうしようかなぁって悩みつつ、あれこれこねくり回して。

出来上がったヒロインが『鎖錠さん』になります。こうして最後まで読んでいただけたということは、きっと鎖錠さんが好きになってくれたんだなぁと思うのですが、どうでしょう？　実は先にあとがき読んでます？　もしくは本屋さんでパラ見？　それなら、本を持ったまま店員さんに『これください』って口にしてみてください。新たな性癖、開拓しましょ？

ただ、タイトルに『ダウナー系』と付いている時点でだいたいは同志諸君だと思いますので、開拓の必要はないかもしれませんが。とはいえ、一口にダウナー系と言っても種類は千差万別うんたらかんたら。

語り出したら長くなりそうなので割愛します。これについてはまたどこかで。とりあえず、最近は二匹の猫が気になってるとだけ、ね？

とはいえ、まぁ。

このお話を読んでいただいた方にはわかると思いますが、鎖錠さんは面倒です。あと重いです。ヤンデレ一歩手前というか、実は既に……？　と作者も思ってしまうぐらいには激重です。

でも、その重さが可愛いと。

そう思っていただけたのであれば、このお話を読んでいただいた意味も意義もあるのかなぁって思います。鎖錠さん可愛いでしょう？　そうでしょうともそうでしょうともと、後方生みの親面を私はしたい。

正直、内容なんて忘れてもいいので、

『鎖錠さん可愛い』

という感想だけ持って帰ってくれればななよ廻るは満足です。なぜなら、可愛いは正義だから！

この可愛いと、作者の性癖を届けるために多くの方に助けていただきました。

『玄関前で顔の良すぎるダウナー系美少女を拾ったら』を本にするキッカケをくださいましたスニーカー文庫ご担当編集様。

素敵なイラストを描いていただいた40原《しまはら》先生。嫌◯ン大好きですとここで書いたら性癖がバレちゃうので書きませんが、嫌◯ン大好きです。

そして、『玄関前で顔の良すぎるダウナー系美少女を拾ったら』に関わっていただいた全ての方々に感謝を。

また、こうして本として出すことができたのはカクヨムから応援していただいた読者様あってのことです。読んでいただけたからこそ、本を出せるようになるまで執筆を続けていられました。

本当にありがとうございます。

またいつか。

どこかのあとがきでお会いすることができたら嬉《うれ》しいです。

ななよ廻るでしたっ！

玄関前《げんかんまえ》で顔《かお》の良《よ》すぎるダウナー系《けい》美《び》少女《しょうじょ》を拾《ひろ》ったら

著　ななよ廻《めぐ》る

角川スニーカー文庫　24060
2024年3月1日　初版発行

発行者　山下直久
発　行　株式会社KADOKAWA
〒102-8177 東京都千代田区富士見2-13-3
電話　0570-002-301（ナビダイヤル）

印刷所　株式会社暁印刷
製本所　本間製本株式会社

Printed in Japan　ISBN 978-4-04-114771-9　C0193

★ご意見、ご感想をお送りください★
〒102-8177 東京都千代田区富士見 2-13-3
株式会社KADOKAWA　角川スニーカー文庫編集部気付
「ななよ廻る」先生「４０原」先生

角川文庫発刊に際して

角川源義

第二次世界大戦の敗北は、軍事力の敗北であった以上に、私たちの若い文化力の敗退であった。私たちの文化が戦争に対して如何に無力であり、単なるあだ花に過ぎなかったかを、私たちは身を以て体験し痛感した。西洋近代文化の摂取にとって、明治以後八十年の歳月は決して短かすぎたとは言えない。にもかかわらず、近代文化の伝統を確立し、自由な批判と柔軟な良識に富む文化層として自らを形成することに私たちは失敗して来た。そしてこれは、各層への文化の普及滲透を任務とする出版人の責任でもあった。

一九四五年以来、私たちは再び振出しに戻り、第一歩から踏み出すことを余儀なくされた。これは大きな不幸ではあるが、反面、これまでの混沌・未熟・歪曲の中にあった我が国の文化に秩序と確たる基礎を齎らすためには絶好の機会でもある。角川書店は、このような祖国の文化的危機にあたり、微力をも顧みず再建の礎石たるべき抱負と決意とをもって出発したが、ここに創立以来の念願を果すべく角川文庫を発刊する。これまで刊行されたあらゆる全集叢書文庫類の長所と短所とを検討し、古今東西の不朽の典籍を、良心的編集のもとに、廉価に、そして書架にふさわしい美本として、多くのひとびとに提供しようとする。しかし私たちは徒らに百科全書的な知識のジレッタントを作ることを目的とせず、あくまで祖国の文化に秩序と再建への道を示し、この文庫を角川書店の栄ある事業として、今後永久に継続発展せしめ、学芸と教養との殿堂として大成せんことを期したい。多くの読書子の愛情ある忠言と支持とによって、この希望と抱負とを完遂せしめられんことを願う。

一九四九年五月三日

時々ボソッと
ロシア語でデレる隣のアーリャさん
Милашка♥
story by sun sun san
illustration by momoco
燦々SUN
イラストももこ
ただし、彼女は俺が
ロシア語わかる
ことを知らない。
特設サイトはこちら!
スニーカー文庫

「私は脇役だからさ」と言って笑う
そんなキミが1番かわいい。
クラスで2番目に可愛い女の子と友だちになった
たかた ［イラスト］日向あずり
第6回 カクヨム Web小説コンテスト 特別賞 ラブコメ部門
『クラスで2番目に可愛い』と噂の朝凪さん。No.1人気の天海さんにも頼られるしっかり者の彼女は……金曜日の放課後だけ、俺の家に遊びに来る。本当は無邪気で甘えたがり。素顔で過ごす、二人だけの時間。
スニーカー文庫

静かに過ごしたいのに、
なぜか《S級美女》と
学園ハーレム
ラブコメに!?
なぜかS級美女達の話題に俺があがる件
脇岡こなつ
ill. magako
《S級美女》と呼ばれる女子高生・姫川沙羅、小日向凛、高森結奈。彼女たちが噂しているイケメンは学校一地味な俺!? 静かな高校生活を送るため、彼女たちに嫌われようと動くのだが全てが裏目に出てしまい……。

きみの紡ぐ物語で
世界を変えよう。
第30回
スニーカー大賞
作品募集中!
大賞 300万円
+コミカライズ確約
金賞 100万円 銀賞 50万円 特別賞 10万円
締切必達!
前期締切
2024年3月末日
後期締切
2024年9月末日
詳細は
ザスニWEBへ
https:/kdq.jp/s-award
イラスト／カカオ・ランタン